最後の一句

——晩年の句より読み解く作家論

宗田安正

本阿弥書店

最後の一句＊目次

装幀　渡邉聡司

最後の一句

――晩年の句より読み解く作家論

夏目漱石

瓢箪は鳴るか鳴らぬか秋の風　漱石

なつめ・そうせき（一八六七〜一九一六）作家。東京・牛込生まれ。本名、金之助。第一高等中学で正岡子規と親しくなり、俳句を作り始める。一八九五年、松山市の「愚陀佛庵」で子規と同居、句作本格化する。一九〇〇年、ロンドンへ留学。生涯に作った俳句は二六〇〇句。『漱石俳句集』、小説『我輩は猫である』『坊ちゃん』『草枕』『三四郎』『こゝろ』など。

明治から大正にかけての大文豪夏目漱石は、大正五年十一月二十二日の胃潰瘍発作に始まる大内出血で十二月九日逝去。享年四十九。倒れる一週間ほど前の大正五年十一月十五日付、禅僧富澤敬道宛書簡中の句が、漱石の遺作になった。贈られた饅頭のお礼に始まり、次の五句が記されている。

饅頭に禮拝すれば晴れて秋

饅頭は食つたと雁に言傳よ

徳山の故事を思ひ出して一句

吾心點じ了りぬ正に秋

僧のくれし此饅頭の丸きかな

瓢簞はどうしました

瓢簞は鳴るか鳴らぬか秋の風

漱石は、大正三年四月、神戸の祥福寺の若い禅僧鬼村元成からの朝日新聞社気付漱石宛書簡がきっかけで、同寺の二十代の禅僧富澤敬道も加わって文通、死までの二年余に二十五通の書簡を遺した。自著を贈り、禅僧の日常を尋ねたりもしていた。二人を漱石家を宿にしての東京見物に誘う。大正五年十月末に彼等は上京、漱石は「禪僧二人を宿して」と題し、〈風呂吹きや頭の丸き影二つ〉の句を得ている。

五句のうち前四句は、到来の饅頭をめぐっての漱石の禅的境地が面白い。「徳山の故事」は『碧巖録』に所収。最後の句では一転、これも禅問答風に敬道に問いかける。瓢箪のことは、漱石家滞在中に話題にでもなったのか。漱石の心は、秋風に鳴る瓢箪の音を聴いているようだ。

漱石の禅への関心は若い頃から。二十七歳の時、神経衰弱が悪化、鎌倉の円覚寺塔頭帰源院に籠り、釋宗演を導師に参禅したが、安心は得られなかった。この体験は、のち小説『門』（明44）に生かされる。前記の敬道宛書簡には、「私は五十になつて始《ママ》めて禪に志ざす事に氣のついた愚物」「あなた方は……五十迄愚圖々々してゐた私よりどんなに幸福」で「特《ママ》勝な心掛か分かりません」「貴方方の奇得な心得を深く禮拜してゐます」と、晩年の禅への関心を伝えて興味深い。敬道と共に漱石宅に滞在した鬼村元成にその時の回想談がある。それによると、漱石は「約十年計画で確固たる宗教観や宗教的な信念を得、今までの社会観や人生観と打つて一丸としたらもう少し世間のために仕事ができるのでは」といった考えを洩らしたという。いずれにしても、漱石最晩年の禅的境地を展開した句は、たまたまではあったが、最晩年の心境が窺えて貴重。

　　歸ろふと泣かずに笑へ時鳥

　　聞かふとて誰も待たぬに時鳥

遺されている漱石最初の句。二十三歳の作。明治二十二年五月九日夜、第一高等中学本科の同級生正岡常規は突然喀血。深夜再び喀血。時鳥は「泣いて血を吐く」といわれ、肺病（肺結核）の代名詞。正岡はこの日から時鳥の別名、子規を号にした。

漱石は子規を見舞い、十三日付書簡で二句を添えて励ました。初句は「病を得、泣いて故郷松山へ帰るなどと言わず、笑い給え」と力づける。後句は、同書簡中に「家兄も今日吐血して病床にあり斯く時鳥が多くては……」とあることによる。月並的だが、特に前句の泣き笑いの真情がいかにも漱石らしい。

明治二十八年四月、漱石は四国の愛媛県尋常中学校（のちの松山中学）の嘱託教員に赴任。折も折、日清戦争に記者として従軍した子規が帰途に再喀血、八月末より松山の漱石の居、愚陀佛庵に同宿。共に作句、漱石の句作は本格化する。

一里行けば一里吹くなり稲の風
去《い》ん候是は名もなき菊作り
叩かれて晝の蚊を吐く木魚哉
あんかうや孕み女の釣るし斬り

松山時代（明28・4〜29・4）の作品。二句目には「或人に俳號を問はれて」の前書。名告るほどの者ではないと、謡曲体で卑下して見せた。初期漱石俳句評として有名なのが「或は漢語を用ゐ、或は俗語を用ゐ、或は奇なる言ひまはしを為す」「奇想天外より來りし者多し」しかし「一方に偏する者に非ず。滑稽を以て唯一の趣向と爲し、奇警人を驚かすを以て高しとするが如き者」とは異ると称揚する子規の評（「明治二十九年の俳句界」明30）。この頃からその特色は明らか。子規に兄事しながらも写生とは異り、漱石の関心は、漢詩、古典、仏典等に養われた自身の詩的世界（主観）の自由な表現にあった。

累々と徳孤ならずの蜜柑哉
日あたりや熟柿の如き心地あり
人に死し鶴に生れて冴え返る

寒山か拾得か蜂に螫れしは

菫程な小さき人に生れたし

温泉や水滑かに去年の垢

安々と海鼠の如き子を生めり

続く熊本の第五高等学校講師時代（明29・4〜36・3）の作品。この松山・熊本時代、漱石俳句は質量ともに全開する。生涯の作品二千六百余句のうちの約六割が作られた。〈累々と〉は『論語』の「徳孤ナラズ必ズ隣アリ」が、〈温泉や〉は白居易「長恨歌」の「温泉水滑カニシテ凝脂ヲ洗フ」が下敷に。楊貴妃の脂の乗った白い肌が〈去年の垢〉に転じる。〈承露盤〉の前書の〈人に死し〉や〈長女筆子誕生〉の前書のある〈安々と〉は、現代俳句にも通じる。この期の漱石の言葉「俳句はレトリックのエッセンスを煎じつめたもの」（寺田寅彦「夏目漱石先生の追憶」昭7）も注目される。

凩や海に夕日を吹き落す

秋風の一人をふくや海の上

写生句の秀作も作られ、句域が広い。漱石は第五高等学校在職のまま、英語研究のため二年間の英国留学を命じられ、明治三十三年九月、後句を残して横浜港から出発する。この留学期間、子規を失い、のち小説家としての仕事が中心になり、句作はおのずから間遠になってゆく。

秋の江に打ち込む杭の響かな
秋風や唐紅の咽喉佛
冷やかな瓦を鳥の遠近す
腸に春滴るや粥の味

明治四十三年八月二十四日（四十三歳）。漱石は、静養先の修善寺温泉で持病の胃潰瘍のため大吐血、「三十分の死」を体験する。いわゆる「修善寺の大患」。病床俳句が作られる。以後、小説も変わるが句風も、前掲句のような死を凝視したり、「則天去私」の心境を示すような作品に変貌する。飯田龍太などは、前期の作品の大半は三流四流ときめつけ、この期の作品を高く評価する（「漱石の俳句」昭50）。漱石俳句の評価をめぐっては、写生俳句、心境俳句が主流を占めた近代にあっては龍太評のような評が多かったが、近年では、前期の多彩な主観表現にかえって新鮮さと可能性を感じ取る傾向が強くなっている。しかし、いずれも漱石の句で両方あっての漱石俳句であることは忘れてはなるまい。

また漱石俳句の場合、小説との関連も見落とせない。小説家以前に俳人として一家をなしており、俳句が小説を導いた趣もあること。たとえば虚子と合作した俳体詩（連句形式だが連句が一句一句転じてゆくのに対し、一貫した意味「物語」を求める新しい詩形式）など、小説への入口と言ってもよかろう。最初の長編『吾輩は猫である』（明34〜40）も、虚子にすすめられての「ホトトギス」の文章会「山会」での朗読がはじめであった。また『草枕』（明39）の according低徊趣味や非人情の世界も、まさに俳諧的であった。

ここで最後の一句にあげた〈瓢簞は鳴るか鳴らぬか秋の風〉に話を戻すと、その〈秋の風〉には俳諧味とともに大患を経た漱石晩年の心の澄みを読み取ることもできよう。また妻鏡子述の『漱石の思ひ出』（昭3）によれば死の床での様変りした漱石の顔を見てこらえ泣く娘への漱石最後の言葉が「いいよいいよ、泣いてもいいいよ」だったといわれるが、森鷗外の「馬鹿馬鹿しい」と比べると、これはまたいかにも漱石的だ。俳諧のもつ庶民的やさしさでもあろうか。

正岡子規

まさおか・しき（一八六七～一九〇二）
愛媛県松山市まれ。本名、常規《つねのり》。幼名、升《のぼる》。
別号獺祭書屋主人、竹の里人ほか。帝国大学に学ぶが、退学。九二年、陸羯南の日本新聞社入社。俳諧を研究。九三年頃から洋画の写生を学び、俳句に導入。俳人・歌人・批評家として活躍。近代俳句、近代短歌に大きな影響を与えた。
『子規全集』は講談社版ほか各種あり。

糸瓜咲て痰のつまりし佛かな

子規

明治二十八年四月十七日、日清戦争の講和成立。五月十七日、従軍記者正岡子規は、帰国の船上で大喀血。小康は得たが肺結核に脊椎カリエスによる腰部の激痛が加わり、三十年頃から病床を離れられなくなった。したがって以後の俳句革新を中心とする仕事も、すべて病牀六尺、病苦に呻吟しながらのものになる。病床での日常は死の前年から始めた私的日録『仰臥漫録』（大7）に詳しい。大食漢を自認する子規は、毎日、好物のさしみや肉、菓子、果物などを驚くほど大量に食べた。吐いても食べた。生きるために食べた。

三十五年一月、病状悪化。連日、モルヒネを使用。その以前から病苦耐えがたく自殺寸前まで迷ったこともあったが、驚くことに、それでも三月十日には前年に中断していた私的日録『仰臥漫録』再開。五月五日からは『病牀六尺』の新聞連載開始、死の前日まで続けた。六月、「モルヒネを飲んでから写生をやるのが何よりの楽しみ」と、写生画「菓物帖」「草花帖」「玩具帖」も始めた。

九月十日、病床で最後の『蕪村句集』輪講。十四日、朝早く目覚め、虚子を起こして病床から庭を眺めているうち妙に落着く。「何だか苦痛極って暫く病氣を感じ無いやうなのも不思議に思はれたので」その経緯を文章にしたくなり、随筆「九月十四日の朝」を口述。しかし、脚は水腫ではれあがり、寸分も動かせず、拷問のような苦痛は極限に達していた。

十八日、午前十時頃、妹律に唐紙を貼った画板を持たせ、仰臥のまま何か書こうとしている。痰がつまって苦しそうだ。碧梧桐が墨を含んだ筆を渡すと、いきなり中央に前掲の〈糸瓜咲て〉の句を、その右左に〈痰一斗糸瓜の水も間にあはず〉〈をととひのへちまの水も取らざりき〉と、四、五分の間を置いて書き終わり、口も利かなくなった（河東碧梧桐『子規の回想』昭19）。十九日、午前一時頃永眠。享年三十五。

病室前の庭の糸瓜棚には糸瓜が下がり、黄色い花もつけていた。〈糸瓜咲て〉の句、子規はすでに自分が喉に痰のつまった仏になっているのを見ている。そこには余裕とユーモアさえも。次句、痰切りに効く糸瓜水も、痰が一斗ではどうにもならない。そういえば一昨日の十五夜に取るべき糸瓜の水も、家人が看病に忙殺されてとれなかった。なお糸瓜は気になっていたらしく、前年九月にも妹律といざこざのあと、「草木國土悉皆成仏　一句」として〈絲瓜さへ佛になるぞ後る丶な〉〈成佛や夕顔の顔へちまの屁〉を得ている。前述の「九月十四日朝」にも糸瓜の花が出てくる。

正岡子規は、慶応三年九月十七日（新暦十月十四日）、松山藩下級武士の長男に生まれた。翌年は大政奉還（明治の年度が子規の満年齢）。時代は国家も文化も近代化（西欧化）に向かって大きく変わる。いわば目標の定まった成長の時代。青雲の志を抱く者が多く、各分野にスケールの大きな人材が輩出した。子規もその一人であったに違いない。松山中学時代には自由民権の演説に熱中、東京大学予備門に入ったころは政治家を志していた。同級に夏目漱石、南方熊楠、芳賀矢一などもいた。哲学者志望に変わる。二十一年、初めて喀血。結核はこの時から始まるが余り気にせず、文科大学在学中、国文科に転科。少年時から書くことの好きだった子規は小説家を志し、露伴の評を仰ぐがうまくゆかなかった。大学退学。ジャーナリストをめざし日本新聞社に入社。身体を案じる周囲の反対をおしきって折からの日清戦争に従軍志願。

俳句は、早くから漢詩、新体詩、短歌を作っていたが、十七、八歳のころから始め、宗匠について旧派俳句から出発。しかし芭蕉の偶像化や低俗陳腐な月並俳句の蔓延には我慢出来ず、二十四年、自分の眼で俳句の姿を確かめるため連歌時代に始まる厖大な俳書から句を収集、季題・物・修辞など独自の項目ごとに分類するという大事業に着手する。結果として収録句数十二万句以上の生涯の仕事になった。これを拠り所に月並俳句や芭蕉偶像化の批判などに始まる俳句革新に乗り出す。

その実質的第一声ともいうべき「芭蕉雑談」（明26～27）では、連俳が変化という文学以外の分子を併有することを理由に「発句は文学なり、連俳は文学に非ず」（明26）と連句を否定。次の『俳諧大要』（明28）では「俳句は文学の一部なり。文学は美術（芸術＝筆者注）の一部なり。故に美の標準は文学の標準なり。文学の標準は俳句の標準なり。即ち絵画も彫刻も音楽も演劇も詩歌小説も皆同一の標準を以て論評し得べし」と俳句文学論を展開、更に「美の標準は各個の感情に存す。各個の感情は各個別なり。故に美の標準も亦各個別なり」（同）と踏み込む。つまり作者の個の表現としての俳句文学論でもあった。

　この作者の主体を基にする表現は近代芸術、近代文学共通の場であり、俳句はこの場に立ち得たことによって近代の文学形式になり得た。そしてそれを可能にする方法が、画家中村不折のスケッチ論がもとになった写実、自分の目で見、感じる「写生」の俳句への導入であった。この写生、写実（更に進んでリアリズム）は、坪内逍遙の『小説神髄』（明18）、二葉亭四迷の『浮雲』（明20）などの新文学、更に当時盛んに紹介されたチェホフやツルゲーネフなどの海外文学にも共通するものであった。この俳句に於ける個―作者の主体の表現の場から、必然的に河東碧梧桐の新傾向俳句、更に自由律や口語俳句、虚子の客観写生から花鳥諷詠、新興俳句、戦後俳句に至るまで、すべての近代俳句が生まれることになる。子規が近代俳句の創始者とされる所以である。なお、『俳諧大要』には「四季の題目は一句中に一つづゝある者《ママ》と心得て詠みこむを可とす。但しあながちに無くてならぬとには非ず」（明28）ともあり、むずかしいとしながらも無季俳句への窓を開けていたことも注目される。
　その子規の俳句だが、明治十七年から三十五年に至る十八年間の作品、二万三千六百余句が遺されている。紙幅の許されるかぎり、紹介しよう。

　宵闇や薄に月のいづる音（明20）
　アメリカの波打ちよする岩ほ哉（明22）
　あたゝかな雨がふるなり枯《かれ》葎《むぐら》（明23）
　毎年よ彼岸の入に寒いのは（明26）
　涼しさや羽生えさうな腋の下（同）
　蕣《あさがほ》や君いかめしき文学士（同）

　子規俳句は明治二十四年頃から本格化、作句数も急増。写生主張以前の初期作品は、多様性、多面性が魅力的だ。月の出る音、アメリカへの憧れ、枯葎の句の繊細さ、前書「岩代飯阪温泉にて夢中の句」の腋の下の羽など、感性が新しい。母の詞がそのまま句になったという彼岸の作品は口語俳句の先駆。〈蕣や〉は「漱石来る」の前書。いかにも若き日の漱石らしく、おかしい。

鶏頭や油ぎつたる花の色（明27）
柿くへば鐘が鳴るなり法隆寺（明28）
春の夜や屛風の陰に物の息（明29）
夏の嵐机上の白紙飛び尽す（同）
いくたびも雪の深さを尋ねけり（同）

二十七年三月、新聞社の仕事で初めて画家中村不折と会い、写生への目を開かれる。この頃から本格的な写生句が揃う。代表作〈柿くへば〉は、日清戦争から帰国途次の船中での大喀血後、神戸・明石で療養、松山に帰省して漱石居に身を寄せ、奈良を廻って東京に帰るが、そのとき法隆寺の茶店で得たもの。柿と法隆寺の二物配合の句にもなっている。写生の範囲は広く、〈物の息〉のような気配の写生の句も。雪の句は病床の病者心理。

四時に烏五時に雀の夜は明けぬ（明30）
雞頭の十四五本もありぬべし（明33）

春深く腐りし蜜柑好みけり　(明34)

病閒や桃食ひながら李《すもも》画く　(明35)

晩年の句。病床を離れられなくなってからは、句は日常に徹する。初句は「病中」の前書。目が覚めて眠れないのであろう。〈雞頭の〉の句は子規庵の庭の風景。同じ写生でも実相観入の齋藤茂吉が絶賛し、虚子が認めなかったことでも有名。山口誓子は、子規の現実凝視は、現実の鶏頭の彼方に形而上の無限世界を見ていると鑑賞する。〈腐りし蜜柑〉は「毎日の発熱毎日の蜜柑此頃の蜜柑は稍々腐りたるが旨き」の前書。〈病閒や〉は明治三十五年六月二十八日から始めた自筆画『菓物帖』(明35・6・1〜7・31)に記された句。死を真近にして、その営みはなんともすさまじい。この頃の句は、「景象」誌連載中の星野昌彦「存在の詩型」の言葉を借りれば「即日常への存問」「「存在(生命＝筆者注)」に対する存問ということになる。そのしめくくりが絶作〈糸瓜咲て痰のつまりし佛かな〉。最期に至るまで常に前に向かっての生命の燃焼であり、その完結であった。

高濱虚子

春の山屍をうめて空しかり　虚子

たかはま・きょし（一八七四〜一九五九）愛媛県松山市生まれ。本名、清。河東碧梧桐とともに、正岡子規に師事。のち「ホトトギス」を主宰、蛇笏・石鼎・秋櫻子・誓子を育て、花鳥諷詠の客観写生を説き、明治末から昭和にかけての俳壇の大御所となる。一九五四年、文化勲章受章。句集『五百句』『五百五十句』『高濱虚子全集』など。小説『俳諧師』ほか、俳書多数。

春の山屍をうめて空しかり　（三月三十日　句謠會　婦人子供會館）

獨り句の推敲をして遲き日を　（句佛師十七回忌追憶）

昭和三十四年四月八日、高濱虚子永眠。享年八十五。三月三十日、つまり脳幹部出血で倒れる二日前の作。

前句だが、時期的に死を感じての句と思いたいが、嘱目の風景でも、死を予感してという句でもない。謡仲間との句会（昭和六年以後の虚子作品は、句日記として発表された。それによると、殆どの作品が、句会や吟行での作か挨拶句、日録であった。その意味については後に考えたい）での作。当日の会場には、源頼朝を弔う中村春堂の漢詩「鎌倉懐古」の軸が掛かっていた、という。同時作に〈英雄を弔ふ詩幅櫻生け〉などもある。頼朝に関する詩に触発されて詠まれたもので、「これを辞世的なものにこじつけたら、先生はきっと苦笑されるに違いない」と言った富安風生の意見もある。虚子晩年の作〈風生と死の話して涼しさよ〉の当事者の言だが、辞世ではなく、句作のきっかけがそうであり、〈屍〉が頼朝の屍であっても、自身にもかかわる人間の死を詠んだ作品に変わりはない。当日は強い風が吹いていたとも言うが、春の山のイメージが、句柄を大きくしている。

「空し」と言っても、暗さがない。明るい。虚子最晩年の死生観、自然観、花鳥諷詠（「花鳥諷詠」を信仰とまで言っていた）の到達点であり、心境であった。いわゆる「極楽の文学」である。最後の一句にふさわしい。

後句は、同日の句帳の最後に記されていた絶句。同句は、絶筆になった四月一日鎌倉局消印の山名義順、名和三幹竹宛葉書にも記されていた。そこに前掲の詞書があるので、十七回忌にあたっての句佛上人への追憶、挨拶句である。大谷句佛は、東本願寺第二十三世管長。虚子とは早くから親しかった。河東碧梧桐の全国行脚の支援をしたが、その新傾向俳句をよしとせず、句集名にもなった「我は我」の道を歩んだ。〈獨り句の推敲をして〉いるのは来世の句佛だが、全く同じことをしている虚子自身でもある。虚子にとって選句は、句作とともに生涯をかけての大きな仕事であった。見事な挨拶句であり、これもまた最後の句にふさわしい。

春 雨 の 衣 桁 に 重 し 戀 衣
風 が 吹 く 佛 來 給 ふ け は ひ あ り
蓑 蟲 の 父 よ と 鳴 き て 母 も な し

「幼少期体験の豊かさが詩人の第一条件」とか言った誰だかのエピグラムを読んだ記憶があるが、虚子の場合も、その幼少時体験の意義は大きい。その一つが松山に生まれ、風光明媚な風早郡柳原村西《にし》ノ下《げ》で過ごしたこと。のちに〈道のべに阿波の遍路の墓あはれ〉の句を遺したが、虚子句にある或る抒情質の源になった。また旧松山藩の祐筆であった父は明治維新で帰農、藩に伝わる能楽の保存に尽力した。虚子が家を継いだ高濱家も能楽の名門であった。この能楽を中心にした古典の知識とこだわりが、例の道灌山事件——一途に俳句革新に突き進む子規のあとを継ぐことを拒む結果になった。

掲句は明治期の虚子初期作品。初句の〈戀衣〉は万葉集の歌にも。次句の〈佛來給ふ〉は『梁塵秘抄』の本歌取り。蓑虫の句は『枕草子』第四十三段の逸話が下敷に。

怒濤岩を嚙む我を神かと朧の夜
海に入りて生れかはらう朧月
穴を出る蛇を見て居る鴉かな
遠山に日の當りたる枯野かな

続く明治期作品。また俳人虚子の形成に見逃せないのが、夏目漱石ら文人との交流。そのことが、特に初期作品の表現世界を豊かにした。断固とした主観、変身願望、物に見入る目等々、実に多彩。突然、開眼の一句〈遠山に〉が現れるが、これを嘱目の写生と思うと誤る。虚子庵例会での作で、題詠かも知れない。虚子自身、「どこかで見たことのある風景」「心の中では常にある景色」「私はかういふ景色が好きなのである」（『虚子俳話』昭33）と言う。つまり虚子の原風景。誰の心にもあるが、どこにもない風景。明治四十年代になると虚子は小説家を志望、小説をつぎつぎと発表、「ホトトギス」は、漱石の『吾輩は猫である』なども載り、やがて俳誌でなく文芸誌になる。

春風や闘志いだきて丘に立つ
古庭を魔になかへしそ蟇
年を以て巨人としたり歩み去る
蛇逃げて我を見し眼の草に残る
天の川のもとに天智天皇と臣虚子と

大正末期、碧梧桐のすすめる新傾向俳句の散文化に俳句の危機を感じ、季題と定型による守旧派を宣言、「ホトトギス」を俳誌に戻して虚子自身も句作と選句欄を復活した。鏡花風の怪異志向、時間を巨人に見立てた抽象、心理の残像にまで世界は拡がり、主観尊重と個性重視を説き、鬼城、蛇笏、石鼎、普羅等を育て「ホトトギス」第一期黄金時代を形成した。

白牡丹といふといへども紅《こう》ほのか

大正末期、安易な主観俳句が流行すると、一転、小主観を超えるべく客観写生を主張する。しかし客観写生といっても奥には主観があると言い、方法論であると共に物の実相を見る、或いは出遭うという、みずからに課した反省とその実践でもあった。

流れ行く大根の葉の早さかな
川を見るバナナの皮は手より落ち
旗のごとなびく冬日をふと見たり
大寒の埃の如く人死ぬる

昭和に入ると、「花鳥諷詠」の提唱へと進む。虚子の言う「花鳥諷詠」とは、要約すると四季の移り変わりを通して、あらゆる自然界の現象と、その自然の一部である人間存在のありよう、生活、人生を諷詠すること。その奥には人間の生死も自然現象の一つであるという考えがあり、独自の宇宙観、自然観、人間観の、つまり大観念の樹立でもあった。「客観写生」とこの「花鳥諷詠」の信念は、その死まで変わらなかった。

作品は、自然（宇宙）の大真理にまで踏み込んだ句と、一見、只事ともとれる現象や生活、行動の一場面を詠んだ句が共存するが、いずれも花鳥諷詠という観点からすれば同価値。そしてそれらを言い止めることに意味があった。句はおのずから一物仕立が主流になった。その実践の身体化、生活化が、前述の句会、吟行、題詠であり、日録であった。

山國の蝶を荒しと思はずや
初蝶來何色と問ふ黄と答ふ
爛々と晝の星見え菌生え
虚子一人銀河と共に西へ行く
去年今年貫く棒の如きもの

戦中から戦後にかけての作品。この間の足掛け四年程、信州小諸に疎開。簡素な生活と厳しい自然との対峙は、虚子の句境を深め、俳句は、自然、人間、自己に対する「存問」

であるという考えに至る。もともと、人間への存問の一つでもある挨拶句は、虚子の最も得意とする分野であった。

明易や花鳥諷詠南無阿彌陀

昭和二十九年、虚子八十一歳の作。千葉県鹿野山神野寺に籠っての連日の句会に提出の句で題詠作品。〈明易や〉には、かつて明け易さに生命の短さを託した句もあった。晩年、「花鳥諷詠」はわが生涯の誇りとも言っていたが、花鳥諷詠への絶対信頼と帰依を、これほど端的に述べた作品はない。人間の生滅も含めて自然（花鳥諷詠）こそがすべてと達観すれば、その天地に楽しみも喜びも生まれてくる。西欧的神はないが、そこに救いも、生き甲斐も、生じてくる。虚子のいう「極楽の文学」である。

最初に記した昭和三十四年三月三十日の句謡会、翌々日、四月一日午後十時過ぎ、虚子はいきなり大きな声を発して失神。八日、眠るように息を引きとった、という。明治、大正、昭和三代の俳壇に君臨した巨人の大往生であった。

種田山頭火

たねだ・さんとうか（一八八二～一九四〇）山口県西佐波令村（現防府市）生まれ。本名、正一。早大入学。病気で同大を中退後、帰郷。一時、酒造場を営むが失敗し、熊本に移住。一三年、荻原井泉水に師事し、「層雲」に投句。以後、生涯、自由律俳句を作りつづける。生活の挫折の果てに、二五年、出家、のち行乞流転の旅に出る。句集に『草木塔』。

もりもりもりあがる雲へ歩む　山頭火

最も広く読まれている近・現代俳人は、高濱虚子でも現俳壇の巨匠でもなく、種田山頭火であるらしい。同じ自由律の放浪俳人でも、かつては尾崎放哉のほうが遙かに評価も高く人気もあったが、昭和晩期以後、高度経済成長、バブル経済、バブル崩壊と経済中心の社会になって人間性が疎外されると、同じ放浪でも死にかたそのものを求めて坐り収斂していった放哉よりも、煩悩をかかえ生きるために歩く山頭火の作品が人間的であると共感を呼び、何度か山頭火ブームを迎えた。

十五年間の行乞放浪を経て松山に入った山頭火は、五十七歳になっていた。松山高等商業の教師高橋一洵の世話で、同市御幸町の御幸寺境内にある元納屋、のちの一草庵に入ったのは昭和十四年十二月十五日。四畳半と三畳、台所の庵は、道後温泉にも近く、句作と生活の一体化、コロリ往生を願う山頭火には理想の庵であった。早速、「一洵君に」と〈おちついて死ねさうな草枯るる〉の句を贈っている。入庵間もなく、既刊七句集に新句集を加えた一代句集『草木塔』(昭15)を東京の出版社から出し、知友に手渡すための旅を終えてからの山頭火には、ある達成感もあったに違いない。

庵では柿の木会を結成。昭和十五年十月十日の夜も、一草庵で句会があった。しかし庵主は句会にも顔を出さず、隣室の三畳間で高鼾。実は脳溢血であったが、連衆たちはいつもの酒のことと思い、眠っているのを確かめて帰った。翌十一日午前四時半頃、誰にも看取られず、心臓麻痺で逝去。享年五十七。

濁れる水の流れつつ澄む
もりもりもりあがる雲へ歩む
焼かれて死ぬる虫のにほひのかんばしく

いずれも死の年の作。それぞれ山頭火俳句の本質を象徴、生涯をしめくくる作品にふさわしい。

〈水〉は山頭火俳句のキーワード。酒と生命の源である水がなによりも好きだった。また〈濁〉と〈澄〉は生涯を貫くテーマ。金を得れば〈水を渡つて女買ひに行く〉。求道と懺悔の繰り返し。第二句はよく辞世の句にあげられる。大山澄太によれば、一草庵入庵の一年程前から死の予感があったらしい。四国に旅立つ前、「心臓も破れた。酒を飲みすぎたからだ。よう生きて一年だよ。今度のは死に場所を求めての旅。山路を歩いたが、兎や雉の死かばねは見たことがない。僕もあのように姿を隠せたら」と洩らしたという。しかしそんな時が来ても、足はおのずと、逞しく盛り上がる雲に向かってしまう。彼にとっての放浪─歩くとは生きることであり、そういうことであった。〈焼かれて死ぬる〉は、〈ぶすりと音立てゝ虫は焼け死んだ〉〈打つよりをはる虫のいのちのもろい風〉と共に、死の四日前の句帳に記されていた絶筆。カフカの『変身』のセールスマンは単調な生活から虫になってしまうが、山頭火は虫の死に自分の死を、あるいは自分の死に虫の死を重ねる。もともと山頭火には、自分の生命も他の生物の生命も同じと見る生命観があった。死の十三日前の日記にも、友人と飲んでの深夜の帰途、餅をくわえてついてきた犬からその餅をもらって食べ、残りを現われた猫に与えた逸話を紹介、「ワン公よ有りがたう」と、犬を友人にしている。

山頭火は、明治十五年、現在の防府市の大地主の家に生まれた。十歳の時、父の遊蕩を苦に母が自宅の井戸に投身自殺。その死体の白い肌が生涯つきまとう。早稲田大学文学科に進むが神経衰弱のため退学、帰郷。父が大道村の酒造場を買収、一家で移り住んで開業。山頭火も佐藤サキノと結婚。しかし父の女癖は改まらず、家屋敷を失う。山頭火は醸造業に専念、長男も生まれたが、大酒を飲むようになっていた。四十四年、定型俳句を作る。大正二年、荻原井泉水に師事、「層雲」に出句。山頭火の俳号を用いた。種田家破産。山頭火一家は熊本に移住、古書店(額縁店雅楽多)を開店。岩国山中で弟が縊死。再起を期して単身上京もするが、神経衰弱のため失敗。この間、サキノと離婚。関東大震災の混乱を期に熊本に帰る。大正十三年十二月、酔って熊本市公会堂前で進行中の電車の前に立ちはだかる。居あわせた人に市内の報恩寺に連れて行かれた。翌年、出家得度。

松はみな枝垂れて南無観世音

大正十四年三月、片田舎の味取観音堂守になったが、「山林独住の、しづかといへばしづかな、さびしいと思へばさびしい生活」（〈松はみな〉の句の前書より）に耐えられず、翌年四月、「解くすべもない惑ひを背負うて、行乞流転の旅に出た」（〈分け入っても〉の句の前書より）。

分け入つても分け入つても青い山
鴉啼いてわたしも一人
生死の中の雪ふりしきる
へうへうとして水を味ふ
また見ることもない山が遠ざかる

酔うてこほろぎと寝てゐたよ

うしろすがたのしぐれてゆくか

〈分け入つても〉は山頭火四十四歳、果てしない旅の最初の作品。この句から放浪の自由律俳人山頭火が誕生する。高千穂近くの山中の作。歩いても歩いても抜けられぬ青い山は惑いの深さ。それでもどこまでも歩く。その行乞は、九州、四国、山陽、山陰、関西、中部、信州、東海道、東北、北陸、上越に及んだ。〈鴉啼いて〉は、先輩放哉の〈咳をしても一人〉〈烏がだまつてとんで行つた〉に和したもの。放哉の絶対孤独に対し、〈わたしも一人〉の甘えが山頭火的。〈生死の中の〉には前書「生を明らめ死を明らむるは仏家の一大事の因縁なり（『修証義』）」。原典では「生死の中に仏あれば生死なし」と続く。昭和三年、放哉の墓に参り、小豆島の西光寺に五泊。降りしきる雪の中、生とは死とはと問いつめる。〈へうへうと〉は水が早速登場。飄々の仮名書きがいい。〈酔うて〉は「酔中野宿」の前書。行乞先で焼酎を恵まれ、目覚めて野宿に気づく。〈うしろすがた〉は「自嘲」の前書。昭和六年、熊本に落ち着こうと努めたが、かなわず再び旅へ。熊本では離婚した妻のところに転がり込み、一線を越えたことも。まさに〈どうしようもないわたしが歩いてゐる〉である。

鉄　鉢　の　中　へ　も　霰

雨ふるふるさとははだしであるく

あるけばかつこういそげばかつこう

うどん供へて、母よ、わたくしもいただきまする

〈鉄鉢の〉は昭和七年一月八日、福岡響灘での作。軒に立ち米を受けるべく捧げた鉄鉢の中に、いきなり飛び込んで来た霰の音。〈あるけば〉は信濃路での作。自由律でも短さからくる制約のため形式がなくてはならない。それを統べるものが、内在律、感動律、自然律だった。この句の場合は、〈あるけば〉と〈いそげば〉の対句と〈かつこう〉の繰返しが、山頭火の体を通して見事なリズムと形式を創出している。〈うどん供へて〉は昭和十三年三月六日の作。「母の四十七回忌」の前書。日記に「かなしい、さびしい供養」「草葉の影で、私のために泣いてゐるだらう！」と記す。一代句集『草木塔』にも「若うして死をいそぎたまへる／母上の霊前に／本書を供へまつる」の献辞がある。

ひとり焼く餅ひとりでにふくれたる

朝湯こんこんあふるるまんなかのわたくし

一草庵時代の作。〈朝湯〉は道後温泉。山頭火は温泉好きだった。ここでの生活は、常に無心を乞わなくてはならぬ貧しさに変わりはなかったが、比較的落ち着いた生活ではなかったか。

山頭火は倒れる前夜、高橋一洵を訪ね、「わしはもう一度遍路の旅に出ようと思ふ。すつぽりと自然に出て、しつとりと落ちついた心になりたいんだ。明日の句会がすんだら……。えらいすまんが十円程明日の句会の時に頼む。」（木下信三『山頭火伝』昭58）と頼んだという。そのあと人懐こく、一草庵隣の護国神社の大祭に誘い、酒を飲んだ。とすれば、もう一度、旅に出るつもりだったのだ。歩くこと、つまり生きること、句作、酒を飲むことは、山頭火にとって業であった。山頭火の放浪は、道を求めるというよりも、むしろ惑いも含めて存在まるごとの自然の中への解放。そこに山頭火の独自性があった。

死の翌年の昭和十六年十二月八日、太平洋戦争開戦。山頭火のような無用者の生きる余地は、社会から失われてゆく。

尾崎放哉

春の山のうしろから烟が出だした　放哉

おざき・ほうさい（一八八五〜一九二六）
鳥取県邑美《おうみ》郡吉方町（現・鳥取市）生まれ。本名・秀雄。十四歳頃から句作。一高俳句会にて荻原井泉水を知る。「ホトトギス」「国民新聞」に投句し、一五年、井泉水の「層雲」に出句。自由律俳人になる。東京帝国大学卒業後、東洋生命に勤めるが、三十七歳で退職、隠遁する。小豆島南郷庵で病死。『尾崎放哉全集』『放哉全集』ほか。

尾崎放哉（本名・秀雄）は、当時最高のエリートコース第一高等学校、東京帝国大学法学部を卒業、先端事業であった保険業界に入ったが、世俗的社会に自己を合わせることのできぬ性格から脱落する。病も加わっての遁世後も落ち着き場がなく、諸寺を転々、俳句の師・荻原井泉水の世話で最後に行き着いたのが、香川県小豆島八十八カ所五十八番札所西光寺奥の院、部屋から好きな海の見下ろせる南郷庵の庵主だった。大正十四年八月二十日のこと。

そのわずか七カ月後には結核が悪化、翌年四月七日午後八時、看病してくれていた近所のシゲ婆さんこと南堀シゲの夫の漁師の腕の中で静かに息絶えた。享年四十一。

どっさり春の終りの雪ふり
肉がやせて来る太い骨である
やせたからだを窓に置き船の汽笛
婆さんが寒夜の針箱をおいて去《い》んでる
すつかり病人になつて柳の糸が吹かれる
春の山のうしろから烟が出だした

枕頭の雑記帳の最後のページに記されていた九句の中の六句。春の最後の雪は、意外な大雪になることがある。病身には待ち遠しい春。肉が落ちて初めて気付く意外に太い骨。この場合の骨は死でもある。いまや弱り果てて物体のように窓辺に置いた心身に、土庄港の船の汽笛が鳴る。シゲ婆さんが帰ったあとに残された針箱。一人の夜の虚しさ。死を待つばかりの放心した私。風に吹かれて靡く柳の葉の緑の糸に見蕩れる。どの句も、冷静な目で迫りくる自己の死を見据えている。それはまた、生を見凝めることでもあった。終句は絶句として読まれている。目の前の暖かくなった春の山。その後ろから、突然、のぼり出した烟。山焼きの、それとも暮らしのための……。ようやく死と出合えた末期の眼が見る、もしくは思い起こしたこの世の最後の景。孤独だがなんともうららかな……。

尾崎放哉は、明治十八年、鳥取県生まれ。父は地方裁判所書記。放哉も少年時代から秀才の誉れ高く、中学時代の彼は校友会の演説会の演壇に立つ一方、短歌、俳句も始め、〈よき人の机によりて昼ねかな〉〈刀師《かたなし》の刃《やいば》ためすや朝寒み〉〈見ゆるかぎり皆若葉なり国境〉など、少年の句とは思えない定型俳句の作り手だった。〈よき人の〉はのちの恋人、従妹の澤芳衛であろう。

一高時代の尾崎は漕艇に熱中するが、一級上の荻原井泉水らの一高俳句会にも参加。鳴雪、碧梧桐、虚子の選、漱石の授業も受けた。〈峠路や時雨晴れたり馬の声〉〈酒のまぬ身は葛水《くずみず》のつめたさよ〉などが当時の作品。同期に中勘助、齋籐茂吉、藤村操らがいた。日光華厳の滝口の大樹に「巌頭の辞」と題し「万有の真相は唯一言にして悉《つく》す。曰く〈不可解〉」と記して滝壺に投身した藤村の死は、衝撃だったはず。芳衛は日本女子大学国文科に入学、二人の仲は深まる。

大学に入り、芳衛に結婚を申し込むが彼女の兄が血族結婚に反対、断念。〈塗骨の扇子冷たき別れかな〉〈団栗を呑んでや君の黙《もだ》したる〉など、最初の挫折であった。芳哉の号を放哉に変えたのもこの頃のこと。彼の酒量は増し、法学よりも宗教や哲学に関心をもつようになった。

大学を卒業した放哉は、保険業は成長ビジネスだからとすすめられて東洋生命保険株式会社に入社。坂根馨（十九歳）と結婚。契約課係長、大阪支店次長、本社契約課課長と落ち着くかに見えたが、上司や同僚との人間関係がうまくゆかず退職。機会を得て、新創設の朝鮮火災海上保険株式会社支配人に就任、京城に渡って不退転の再起を図ったが、酒癖が災いして解雇される。更に再起を期して満州に赴くが、肋膜炎に罹り帰国。長崎の親戚に身を寄せた。

この放哉のサラリーマン時代、荻原井泉水が自由律俳句の拠点となる「層雲」を創刊。彼も投句。放哉俳句は〈墓より墓へ鴉が黙つて飛びうつれり〉〈花屋のはさみの音朝寐してをる〉〈松の実ほつほつたべる灯下ぞ児無き夫婦ぞ〉など、定型俳句からより直接的な自己表出の出来る自由律に転じる。〈花屋〉〈松の実〉は放哉の結婚生活。花屋に間借りしていた。自由律俳人、放哉の誕生であった。

帰国はしたが放哉の挫折感は大きく、懺悔と奉仕に生きることを決意、妻とも別居、京都の西田天香主宰「一燈園」に入る。しかし、無所得無所有の奉仕と托鉢生活は病身には堪えがたく、寺男を志望するが、酒癖が出たり、トラブルに巻き込まれたり、一年半足らずの間に、三つの寺を転々とする。

落葉へらへら顔をゆがめて笑ふ事　（一燈園・京都智恩院塔頭常称院寺男時代）
一日物云はず蝶の影さす　（兵庫県須磨寺大師堂堂守時代）
氷店《こほりや》がひよいと出来て白波
夕べひよいと出た一本足の雀よ
波音正しく明けて居るなり

酔のさめかけの星が出てゐる
漬物桶に塩ふれと母は産んだか
浪音淋しく三昧《しゃみ》やめさせて居る
淋しいからだから爪がのび出す
（福井県小浜町常光寺寺男時代）

諸寺遍歴時代の作品。初句の笑いは、やけっぱちかへつらいか。常稱院は久しぶりに井泉水と会って酔っ払い、一カ月たらずで追われる。須磨寺大師堂の堂守になるが、御神籤《おみくじ》や燭を売るのも仕事。売れるたびに口上を言わねばならなかった。毎朝五時起床。誰も来ず一日坐る日も。庭に来た〈蝶の影〉が障子にさす。かえって深まる孤独感。〈氷店〉〈夕べ〉の句の飄逸。また次句の海〈自然〉の力の正確さ。〈酔のさめかけ〉の句の〈酔うてこほろぎと寝てゐたよ　山頭火〉との違い。生きるために歩く山頭火と死を見凝めて坐る放哉と。放哉の存在への覚醒志向。この期間、放哉の句境は深まる。その須磨寺も内紛のため居られなくなる。小浜時代の〈三昧〉の句。小浜には花街があった。ここも寺が破産。京都東山の井泉水の仮寓「橋畔亭」に同居。井泉水の紹介先の返事も待ちきれず、小豆島に渡った。

眼の前魚《さかな》がとんで見せる島の夕陽に来て居る
すばらしい乳房だ蚊が居る
足のうら洗へば白くなる
壁の新聞の女はいつも泣いて居る
少し病む児に金魚買うてやる
朝がきれいで鈴を振るお遍路さん
入れものが無い両手で受ける
咳をしても一人
墓のうらに廻る
あすは元日が来る佛とわたくし

島では、井泉水の門人で句友の井上一二、西光寺住職杉本宥玄（俳号・玄々子）らの奔走と好意で、ようやく落ち着けそうな南郷庵に入ることができた。放哉自身、一燈園に入った時から死を決意していたと言うように、特に今回の旅は死に場所を求めてのものだった。宿願の独居独棲の願いが果たせたとし、「此ノ南郷庵デ、独居シテ、一日、ダマッテ、暮シテ、悠々ト天命ヲ果サセテモラヒタイ」と井泉水宛書簡（大正十四年九月十八日付南郷庵より）に記している。と言っても生活は苦しく、焼米と炒豆で飢をしのいだ。秋に入ると、喉頭結核の末期病状も現われてきた。冬は烈風がまともに吹きつけた。句も一途な孤と死への傾斜を深めた。見つめる眼の確かさ。肉体と精神を削《そ》ぐような無駄のない適確な言葉と表現。

　症状の悪化に井泉水は、京都の病院への入院をすすめるが、「只今では、放哉の決心次第一つで、何時でも〈死期〉を定める事が出来る、からだの状態にあるのですよ……ナントありがたい、ソシテ、うれしい事ではありませんか……放哉は勿論、俗人でありますが、又、同時〈詩人〉として、死なしてもらひたいと思ふのでありますよ」（「荻原井泉水・内島北朗宛書簡」大正十五年三月二十三日付　南郷庵より）と拒む。

　通夜の午前一時頃、一人の女がタクシーでかけつけた。「妹さんか」の問いを否定もせず、棺の中の放哉をじっと見つめ、号泣した。別居以来、東洋紡績四貫工場の世話係などで自活してきた妻の馨であった。

飯田蛇笏

いいだ・だこつ（一八八五～一九六二）山梨県五成村（現・笛吹市）生まれ。本名・武治。〇五年、進学のため上京し、早稲田大学に入る。早稲田吟社に参加。在学中より「ホトトギス」に投句。〇九年、帰郷し田園生活に入る。一七年より「キラヽ」（のちの「雲母」）主宰。句集に『山廬集』『靈芝』『春蘭』『家郷の霧』など。

誰彼もあらず一天自尊の秋　蛇笏

甲府盆地を一望する御坂山系標高四五〇メートルの山間地境川村。その白雲去来の山廬に居し、類を見ない格調高い作品で、大正・昭和俳壇に屹立していた飯田蛇笏は、昭和三十二年頃から脳貧血の発作に襲われた。三十六年、腹部大動脈瘤発見。翌三十七年七月、鼻カタルの加療中に昏睡状態に陥る。一時は意識も混濁。九月二十七日、急変。十月三日夜、脳出血にて永眠。享年七十七。山廬にて家族や多くの門弟に見守られながらの大往生だった。

夜遅く寝るべき布團敷きはやむ
夜の蝶人ををかさず水に落つ
藪喬木鴉がとびて山に月
ゆく水に紅葉をいそぐ山祠
誰彼もあらず一天自尊の秋

遺句集『椿花集』（昭41）最後の五句。
初句は家人の動作を病床から眺めているのだろう。〈夜の蝶〉〈藪喬木〉は遺句としては異色。死の床で、このような奇っ怪で妖美なイメージを心に思い描いていたかと思うと凄絶。青年時の詩作と小説の創作、文学体験等から得たものなどが、このような形で甦っているのだろうか。〈ゆく水〉の句。病床の心は山廬裏を流れる幼児から親しんできた狐川に遊ぶ。しかし、流れと紅葉の速度にも心眼は命終の近いことを感じており、その切迫感が伝わってくる。子息であり、編者である龍太により、遺句集大尾に置かれた〈誰彼も〉は、蛇笏の全生涯を締め括る述志の一句。芭蕉も〈此道や行く人なしに秋の暮〉と詠んだが、今や誰も彼もことごとく去り、いるのは我れ独り。晴れ渡った秋天下、蛇笏七十七年の全生涯が晒されている。顧みて言えることは、ただ一筋に俳人として自分の信じる道を求め、ひたすらに歩んできたことのみ。〈自尊〉の二字は重い。

飯田蛇笏は、明治十八年、山梨県東八代郡五成村（境川村）の豪農地主の名家に生まれる。政治も文学も日本全体が近代化に邁進していた時代。中央志向も、大志もあっただろう。早くから家郷脱出を試みたが果たせず、東京の中学に転校が許されると自然主義文学に惹かれ、詩作。早稲田大学時代は小説を各誌に発表。句作も虚子主催の「俳諧散心」に参加したが、虚子は小説家を志し俳壇を去る。蛇笏も翌明治四十二年、突然、学業を捨て家郷に戻る。俳句だけは東洋城選の国民俳壇に投句。

鈴の音のかすかにひびく日傘かな
就中《なかんづく》學窓の灯や露の中
くれなゐのこころの闇の冬日かな
ふるさとの雪に我ある大爐かな

明治期、つまり前述の期間の作品。蛇笏俳句の形成期。初句は十九歳の作。〈ひびく〉がすでに蛇笏的。次句は早稲田大学時代の作品。大学は早稲田田圃の中にあった。向学心が伝わってくる。〈くれなゐの〉は虚子の俳壇引退と自身の帰郷との間の作品。この心の表現は、当時にあっては画期的に新しかった。〈ふるさと〉は東京引き揚げ後の作品。定住の覚悟も定まってきたのであろう。しかし〈ゆく春や流人に遠き雲の雁〉の句もあり、一つの断念、挫折には違いなかった。

芋の露連山影を正《ただし》うす
つぶらなる汝が眼吻はなん露の秋
かりがねに乳はる酒肆の婢ありけり
山國の虚空日わたる冬至かな

死病得て爪うつくしき火桶かな
三伏の月の穢に鳴く荒鵜かな
流燈や一つにはかにさかのぼる

大正期の作品。明治四十五年、新傾向俳句の蔓延に俳句の危機を感じた虚子は俳壇に復帰。蛇笏はその復活した「ホトトギス」雑詠に投句。たちまち頭角を現わす。家郷に生きる場を求める決心をした蛇笏は大自然への観入に挑み、独自の自然詠、タテ俳句を産み出す。〈芋の露〉〈山國の〉などがその初期代表作。〈つぶらなる〉の大胆。また酒肆の婢など小説的要素を導入。〈死病得て〉は芥川龍之介がこの句により俳句開眼したことで有名。さらに〈流燈や〉では逆行する流燈に魂を感じとる。蛇笏俳句が全開、一頂点を形成する。

なきがらや秋風かよふ鼻の穴
たましひのたとへば秋のほたるかな
をりとりてはらりとおもきすすきかな
くろがねの秋の風鈴鳴りにけり

昭和初期四十代作品。有名句が頻出。初句の遺体は下男の老母。亡骸を凝視する冷徹な眼。〈たましひの〉は芥川龍之介追悼の句。〈をりとりて〉は、芒の美しさを重さの感触で表現。ひらがなの活用も蛇笏独自の工夫。不意に鳴る季節はずれの鉄の風鈴の凛としたひびき。

夏眞晝死は半眼に人を見る
秋蟬のなきしづみたる雲の中
花びらの肉やはらかに落椿
冷やかに人住める地の起伏あり

戦中・戦後作品。当時の五十代は初老。身辺が急変する。昭和十六年、次男が病歿。初句はその時の作。何かを伝えようとする死にゆく人の目。同年、母も急逝。四男龍太も胸を患い、続く四年間に父永眠。長男、三男が出征。五男も入営。落椿の肉厚の花片に肉感の優しさを求める蛇笏。終句の冷えは身に沁みる。

なまなまと白紙の遺髪秋の風

降る雪や玉のごとくにランプ拭く
川波の手がひらひらと寒明くる
春めきてものの果てなる空の色
炎天の槍のごとくに涼氣すぐ

晩年の六十代作品。長男と三男が戦争から帰らず、さきの次男の病歿と、蛇笏は五人の子息のうち三人を失う。初句は長男の戦死を詠んだ「鵬生抄」十四句より。〈降る雪や〉のランプを丹念に磨く蛇笏の孤影に作者の心が思いやられる。〈川波〉の句、川波の光が手のようにひらひらと招く。当時の作者の心境を表現して絶妙。〈春めきて〉はなんともみずみずしい。当時の六十八歳の時の作品であるというからおどろく。

地に近く咲きて椿の花おちず
薔薇《そうび》園一夫多妻の場をおもふ
後山の虹をはるかに母の佇つ

最晩年七十代の作。それにしてもバラ園の咲き誇るバラに一夫多妻の場を連想する老蛇笏の詩心には驚嘆。〈後山〉は山廬裏の低山でかつての作者の散歩道。突然、現われた母は幻影。死の前年の作。蛇笏の詩精神は、最後まで衰えることがなかった。

思うに蛇笏世代の時代は、子規に始まった俳句革新の啓蒙期が実質的な実践期に移った時期。その結果、近代化に直進した新傾向俳句、更には自由律俳句が生まれたりして定型の否定にまで至ったのも、時代の方向としては必然であった。一方の「ホトトギス」に拠る蛇笏ら新人は俳句を文学として受け止め、俳句という伝統形式と文学（近代）との融合をめざした。

実際、明治から大正にかけては、近代俳句史の中にあっても、俳句と文学が最も近い位置にあった。作家がごく自然に俳句を詠み、俳人も詩や小説を書いた。子規も虚子も蛇笏も新体詩や小説を書き、俳句によりも熱中した時期さえあった。その体験が初めて俳句の定型と文学との斬り結びを招き、連句の発句とは異なる近代の俳句を確立することになった。その典型が蛇笏の自然詠であり、タテ俳句であった。

その後のたとえば四Ｓの世代になると分化が進み、俳人は俳句だけを作るようになる。その結果得たものもあったが、俳句から豊かさの失われたことも否めない。

原　石鼎

松朽ち葉かからぬ五百木無かりけり　石鼎

はら・せきてい（一八八六～一九五一）
島根県神門郡塩冶村（現・出雲市）生まれ。本名、鼎《かなえ》。中学在学時より句作。医学を志しつつかなわず、放浪生活を送る。一二年、深吉野の山村の村医になる次兄に同行。「ホトトギス」に句を投じて評判になる。一五年、上京し、ホトトギス社に入社。飯田蛇笏と共に第一次「ホトトギス」黄金時代をつくる。のち「鹿火屋」を創刊、主宰。句集に『自選句集　花影』『原石鼎全句集』ほか。

大正俳壇といえば飯田蛇笏と原石鼎。特に石鼎には石鼎の時代ともいうべき時期があり、四S登場近くまで続いていた（山本健吉「石鼎の時代」〈「俳句」昭61・3〉）。石鼎は蛇笏に一年遅れの明治十九年生まれ。俳壇登場もほぼ同時期。だが二人ほど、対照的な俳人も珍しい。蛇笏は人も作品も風土に根ざした定住型、風格を重んじた述志のいわば意志型。石鼎はその時々の対象や境涯に没入、同化する放浪型・天才型。その最後の句も、蛇笏の〈誰彼もあらず一天自尊の秋〉のタテ俳句とはいかにも対照的だった。

昭和二十六年十二月八日、石鼎は隠棲中の神奈川県二宮の石鼎庵で昏睡状態に陥り、二十日、多発性リウマチ炎に尿毒症が加わって逝去。享年六十五。前掲の〈松朽ち葉〉の句は昏睡前日の作。〈五百木〉は数の多いこと。『日本書紀』『万葉集』に用例がある。

原裕は、石鼎庵門前に聳える松の巨木が冬にはその朽ち葉を吹き散らし、それがどの木にもかかって絶景であったといい「石鼎俳句が幾変遷ののちにたどりついた無我の写生」（『原石鼎』平4）と鑑賞する。しかし、中七・下五の主観的断言のレトリックや、作者が肝腎の松の巨木にはいっさい触れず、故意のようにその姿を読者の目から隠していることを考えると、この見えない松とは何か、この景の意味についても問いたくなる。あの初期深吉野の句の対象との同化を思えば、松を自然そのものの象徴と解することもできようし、また更に踏み込んで永田耕衣のように、石鼎は松の巨木に同化、「その純な思い（朽ち葉＝筆者注）を末期の風に吹き散らして、風雅の道＝俳諧に悔いなく生きた己への鎮魂歌《たましづめうた》とした」ともとれる。耕衣は更に松の朽ち葉にぞっとした肌触り、そこに「石鼎衰退の妖気」（「琴座」昭41・10）をも感じとっている。実はそのどの解をも受容するところに、この句の大きさがあるのではあるまいか。

原石鼎の出身は現在の出雲市。代々の医家。二兄とも医師になったが、文学、美術に執心（美術学校志望）。それでも親の期待に応えて医師になるべく何度も受験はしたが落ち、青春放浪の日々を送る。やっと京都医専に合格はしたが、「明星」派の詩歌に心酔、落第を重ねて放校される。明治四十五年、折から、村医として深吉野に赴く次兄の助手として吉野に同行した。

頂上や殊に野菊の吹かれ居り
山川に高浪も見し野分かな
銃口《つつぐち》や猪《しし》一茎の草による
風呂の戸にせまりて谷の朧かな

花影婆娑と踏むべくありぬ岨《そば》の月
淋しさにまた銅鑼うつや鹿火屋守

その一年余の深吉野時代の作品。投句するや虚子の賛辞も得、大正初期の「ホトトギス」雑詠欄を席巻する。〈頂上や〉は石鼎開眼の一句。人間の目が初めて触れる素の野菊、人間不在の無垢の自然と宇宙が広がる。神気さえ覚える。のち神武天皇由来の霊場、鳥見《とみの》霊時《れいじ》祉《し》であることが判明、話題になった。猪の剝き出しのいのち。朧も生きもの。月夜の岨径のこの世ならぬ万朶の桜の影の美。いずれにも異界ともいうべき自然の露出がある。対象への観入を超えた同化がもたらしたものであろう。
次兄は不便さに耐えかねて山を降りる。石鼎は、学資を援助するから村医になって来て欲しいという村民の意を容れ、両親の許可を求めたが俳句をやめねばと許されず、家を出て再び杵築・米子を放浪する。

磯鷲はかならず巖にとまりけり
秋風や模様のちがふ皿二つ

杵築・米子放浪時代の作品。対象への同化は同じだが、人生的淋しさが加わり、思いもこもる。後句は伯州米子での作。秋風の中、不揃いの模様の皿。裏の駆落ち事件は別にしても、蕭条とした艶がある。

大正四年、無一文になり上京、ホトトギス社に入って虚子の仕事を手伝う。大学などの指導句会が拡大、石鼎人気が高まって、社に石鼎に会いに来る人も多くなる。突然、虚子に退社を勧告されて「東京日々新聞」の俳句欄、「大阪毎日」の俳句大会に関わるようになる。七年にはコウ子と結婚。

あるじよりかな女が見たし濃山吹
芭蕉高し雁列に日のありどころ
谷深く鳥の如き蝶見たり
金屛に灯さぬ間あり猫の戀
われのほかの涙目殖えぬ庵の秋

上京以後、結婚までの作品。初句は長谷川零余子とかな女夫妻。次句の〈ありどころ〉の修辞が石鼎人気から流行。終句は〈妻を迎ふ　一句〉の前書。結婚時の作。〈涙目〉はコウ子夫人。本質は変わらぬが思いの比重が強まる。

うれしさの狐手を出せ曇り花
神の瞳《め》と我瞳あそべる鹿の子かな
山靈のむさゝびなげて春の月
この朧海やまへだつおもひかな

結婚翌年から下宿生活を脱し、麻布龍土町に家を借りる。「東京日々」や「大阪毎日」の句会指導。大正十年、虚子の許可を得て「鹿火屋」主宰。翌年、第一回俳画展を催し完売。このころから虚子との確執も始まる。結婚後、四年ほどは最も安定した時期で句域も広がる。

初句は曇日満開の桜花。その妖しげな雰囲気に浮かれ出る狐。その手を招く石鼎の手。狐手を人間の手ととる、のちのシュールな自解（小島信夫『原石鼎・二百二十年めの風雅』平2）もあったようだ。次句だが、〈沼神の老いやさらぼひ菱の花〉など、石鼎には神の句が五十四句あり、彼の写生が絵画的どまりでないことを示している。終句、懐かしさも強まる。

十二年、関東大震災が起こり、石鼎はショックから神経衰弱を病む。以後、他の持病と共に小康はあっても病との闘いの日々になる。すべての句会指導や選も断ったりする。石鼎の麻痺性痴呆症不治説が俳壇に広まるなど、虚子の石鼎の病に対する対応に納得できず、大正十五年には石鼎は虚子と絶縁。その後、新居に移ったりするが幻視・幻聴が現われたりして、昭和十五年、松沢病院に入院。翌年、終の棲になった新築の二宮石鼎庵に退院した。以下は震災以後の石鼎作品。

火星いたくもゆる宵なり蠅叩
青芒目には見えねど神の影
はづかしと雲ひきそめぬ彌生富士
春宵や人の屋根さへ皆戀し
春の水岸へ岸へと夕かな
青天や白き五瓣の梨の花
目つむれば日輪見ゆれ夜半の冬
夕月に七月の蝶のぼりけり

元朝やたゞ大天と枯れ野原

青女放つ鶴舞ひ渡る相模灘

秋はあはれ冬はかなしき月の雁

〈元朝や〉からは没年の作。〈青女〉は春の神。内への傾斜は強まるが、あの深吉野の対象への観入・同化の精神が最後までその底流にあった。どの作品にもいわゆる俳臭が微塵もない。感性は新鮮で、〈青天や〉のような精緻の極をきわめた作品も。この新しさが、後年、芝不器男や特に新興俳句の魁・水原秋櫻子の心をとらえ、特に秋櫻子をして「鹿火屋」石鼎追悼号2（昭27・4）に寄せた追悼文「天才」で「先生の句は、大きく美しく「先生の後にも、新らしい句、鋭い句をつくる作者は出たが、先生のように大きく美しくはない」と言わせ「もし先生が病気になられなかったら」と嘆かせたのである。

虚子は石鼎の死に接すると、「イツマデ　モヨシノノハナノキミヲエガ　ク」の追悼電報を送った。

杉田久女

すぎた・ひさじょ（一八九〇～一九四六）
鹿児島県鹿児島市生まれ。本名、久《ひさ》。幼時を琉球、台湾に送る。お茶ノ水高女卒。美術学校出の牧田氏に嫁ぐ。二十五歳から句作。高濱虚子に師事、敬愛し、俳句に打ち込む。三二年に主宰誌「花衣」を創刊、五号で終刊。「ホトトギス」同人となり、代表的女流俳人として活躍するが、三六年に同人除名。晩年、孤独のうちに生涯を閉じた。『杉田久女句集』『杉田久女全集』。

鳥雲にわれは明日たつ筑紫かな　久女

四十代前半にさしかかった杉田久女は、五号で終わったが主宰誌「花衣」の創刊など、作品面、活躍面ともに生涯の絶頂期にあった。そんな折の「ホトトギス」昭和十一年十月号の同人削除社告は、彼女にとって青天の霹靂だった。同時削除の日野草城、吉岡禪寺洞は新興俳句との関係から理由も自明だが、ひたすら虚子に尽す久女にはその原因が理解できなかった。除名後も二年ほど投句を続けていたが、句も力を失い、やがて俳壇からも消えてゆく。その以前から句集を出したく虚子に序文を懇願していたが許されず、近代女流俳句史の先駆者として最も華やかな存在だった久女唯一の句集『杉田久女句集』（昭27）が、長女石昌子の努力で世に出たのは、戦後も戦後、久女の死の六年後だった。

歌舞伎座は雨に灯流し春ゆく夜
蒸し壽司のたのしきまどゐ始まれり
鳥雲にわれは明日たつ筑紫かな

昭和十四年の「俳句研究」七月号発表の四十二句以後久女の句は見られなくなるが、「昭和十七年光子結婚式に上京　三句」と題した掲出句が句集大尾の作品。しかし次女光子の結婚式は、長女石昌子編の「杉田久女年譜」（『杉田久女全集』昭64）によるとその前年の十月のこと。更に〈歌舞伎座〉の句は、句集のもとになった久女自筆草稿にそれぞれ「昭和十四年五月四日上京」の前書、〈鳥雲に〉も同草稿にあるから十四年以前の作、〈蒸し壽司〉の句も昭和八年二月四日の久女の日記に初出する。別々の時に作られた句を、句集編集時に誰かが構成したことになる。

現段階で、確実に昭和十七年の作と確認出来るのは、石昌子編『最後の久女　杉田久女影印資料集成』(平15)所収の久女自筆の句集未収録「松名滞在の句」二十六句。義父杉田和夫を喪い、愛知県小原村松名のその旧家に滞在(昭和十七年八月二十一日至九月十二日)したときの作品。このあたりが時期的には最後に近い句と思われるが、〈邸ひろく筧の音のあるばかり〉〈久かたの歸省に樹木うつそうと〉といった写生句。かつての久女の句の強さはない。それに比べ、以前の句になるが句集大尾の〈鳥雲に〉の句には、久女晩年の思いがこもる。尊敬する鎌倉の虚子に、また娘たちに会うために、何度も小倉から上京した東京。時局は戦時下。久女にはこれが最後の東京になるかも知れぬという思いも、胸を過ったに違いない。明日帰る筑紫は、俳句のない生活、かつて〈足袋つぐやノラともならず教師妻〉〈冬服や辭令を祀る良教師〉と詠んだ夫との生活に身を埋める、平畑静塔のいう「配所」(「天狼」昭48・7)であった。

杉田久女は、明治二十三年、官吏の父の赴任先鹿児島で生まれるが、二十九年、六歳の時、父の沖縄転勤のため、一家は沖縄那覇に移り、翌年同地の小学校に入る。それも間もなく、父の転勤で台湾に移り、暮らす。日本の支配が及んでいた地での官僚生活は特権階級の暮らしだった。父の出身地は信州松本だが、この開放的な南国で育ったことは、久女の人間形成に大きな影響を与えた。

画家の妻に憧れ、十九歳の時、東京美術学校時代は石井柏亭か杉田かと言われた奥三河の素封家出の杉田宇内と結婚。小倉中学校美術教師に赴任する夫に従って小倉市に移住するが、夫は絵を描かず教師生活に専念。夫、長女昌子と撮った二十四、五歳の久女の写真と、夫宇内の美術学校卒業制作、自画像が遺っている。見るに、ちょっとかまえた写真の久女の風貌は、機会あらばいつでも奔りそうな強いものを内に抑え込んでいる。一方の宇内の暗い全裸の自画像はリアリズムの極致で、どちらかと言うと、内に向かう性格だったのではあるまいか。この対照的な性格がなにかと行き違いを生じ、のちの不幸な夫婦生活のもとになったのではなかろうか。

大正五年秋、二十六歳の久女は次兄・赤堀月蟾《げったん》の手ほどきで句作、「ホトトギス」の台所雑詠の投句から始める。

假名かきうみし子にそらまめをむかせけり
花衣ぬぐやまつはる紐いろ〳〵
紫陽花に秋冷いたる信濃かな
朝顔や濁り初めたる市の空
夕顔を蛾の飛びめぐる薄暮かな

上達は早く、句作開始翌年には、〈假名かきうみし〉の子育て俳句の秀作を作る。〈むかせけり〉が女性でなくては詠めない。その翌年には〈花衣〉の代表作も。なんともあでやかで女性の姿態までもが描かれる。まさに虚子のいう「清艶高華」(「杉田久女句集序」昭27)。台所俳句で女子の教養を高めようとした虚子の意図を遥かに突き抜けて男性の介入を許さぬ、男性俳句を脅かす未踏の世界の誕生。〈紫陽花に〉は父の納骨のため松本に行くが、腎臓病発病。東京の実家に戻り入院。実家では久女の離婚問題が起こるが、一年後、小倉に帰る。教会に通い、受洗。句作も少くなる。昭和に入ると教会を離れ、俳句専念を決意。〈朝顔や〉〈夕顔を〉は代表作。古典を思わせる句の風格と厚み、詩的な美の世界。

谺して山ほとゝぎすほしいまゝ

昭和六・七・八・九年と、久女俳句は、久女ののみならず、女流俳句の頂点に達する。まず六年には〈谺して〉の句により、「東京日々」、「大阪毎日」共催の新名勝俳句で帝国風景院賞金賞を受賞。〈啄木鳥や落葉をいそぐ牧の木々　水原秋櫻子〉〈瀧の上に水現れて落ちにけり　後藤夜半〉などの名句と並んでの快挙であった。〈ほしいまゝ〉五文字を得るため英彦山に何度も登ったという。〈橡の實のつぶて颪や豐前坊〉も銀賞を受賞。

翌七年は、〈灌沐の淨法身を拜しける〉ほかの灌佛の句と、山本健吉が「豪華きわまりない」「久女の体情はこういう句に出ている」（『現代俳句　上巻』昭26）と評した代表作〈風に落つ楊貴妃櫻房のまゝ〉〈むれ落ちて楊貴妃櫻尚あせず〉等五句による「ホトトギス」雑詠初巻頭。主宰誌「花衣」の創刊。

うら、かや齋《いつ》き祀れる瓊《たま》の帶
藤挿頭《かざ》す宇佐の女《によ》禰宜はいま在さず
丹の欄にさへづる鳥も惜春譜
雉子なくや宇佐の盤《いは》境《さか》禰宜ひとり
春惜む納蘇利の面ンは青丹さび

翌八年も「宇佐神宮」五句で巻頭。祭神は八幡大神、比売大神、神功皇后。霊威あらたかで、かの道鏡を退けたのもここの神託。かつての女禰宜も神語を語った。久女の上代への憧れと詩魂が、小鳥囀る麗らかな春の社殿に、今はいない霊能者女禰宜を招び寄せ、その魂と交感する。詩人橋本真理は、この連作を久女の最高傑作（『鑑賞現代俳句全集第八巻』昭55）と評価する。

翌九年も巻頭をとり「ホトトギス」同人になる。その二年後の例の同人除名の社告については すでに述べた。

張りとほす女の意地や藍ゆかた

虚子ぎらひかな女嫌ひのひとへ帯

除名された筑紫の久女は、気を引き立てようとしたが、弱くなった。戦争の雲行きもあやしくなってきた昭和十九年、鎌倉に夫出征の留守宅を守る長女昌子を訪ねるが、「俳句より子供を大切に育てよ」「死んだ後でも句集が出せたら出して欲しい」（石昌子「母の思い出—母との最後」〈「女性俳句」季刊冬　昭30・12〉）と語り、帰って行ったという。昌子が久女を見た最後だった。

敗戦混乱期の二十年十月末、太宰府の県立筑紫保養院に入院。翌年一月二十一日、腎臓病悪化のため死去。享年五十五。たまたま亡くなったのが、精神科の保養院であったことから久女狂死の噂が流れた。のちに虚子が『杉田久女句集』（昭27）序文や久女の虚子宛書簡からなる小説「國子の手紙」（昭23）で紹介した久女の奇行が噂を決定的なものにした。久女をモデルにした松本清張「菊枕」（昭28）も、その伝説を有名にした。しかし、その後は平畑静塔、石昌子、増田連、坂本宮尾らの綿密な調査や研究が進み、今では狂死説は是正されている。虚子の意図的な曲筆もあったように思えて複雑だが、もともとは俳句への思いと師へのひたすらな尊崇の念から直情的に虚子にせまらざるを得なかった久女と、それを主宰者としてうっとおしく思う虚子との間に生じた齟齬が産んだものであったろう。

それはそれとして久女伝説に対する最大の答は、芸術性、完成度ともに、近代女流俳句史に凜として屹立する久女の作品である。その高みにまで達した女流俳人は、現在に至るまでいない。その精神の健全性の前には、どんな伝説も無化する。

橋本多佳子

雪はげし書き遺すこと何ぞ多き　多佳子

はしもと・たかこ（一八九九〜一九六三）東京・本郷生まれ。本名、多満《たま》。一七年、橋本豊次郎と結婚、九州・小倉に文化サロン櫓山荘を新築。杉田久女に手ほどきを受け、「ホトトギス」「破魔弓」「天の川」に投句。三五年、山口誓子に師事。四八年「天狼」創刊に参加。同誌の人気俳人になる。のち「七曜」主宰。句集『紅絲』『海彦』『橋本多佳子全集』ほか。

戦後、最も人気のあった女流俳人が橋本多佳子だった。適度のセクシュアリティーと女ごころを大胆に表出した最初の女流と言ってよく、雁行した三橋鷹女が異世界にまで踏み込んだのに対し、日常次元にとどまったことも、大衆の心をとらえたのであろう。

雪の日の浴身一指一趾愛し

雪はげし書き遺すこと何ぞ多き

三十八歳の若さで夫と死別。戦中・戦後の世を娘四人をかかえ、美貌の未亡人として生き抜いた多佳子は、昭和三十八年二月九日、胆嚢の持病が悪化、大阪回生病院に再入院した。予感があったのか、句帳に「入院前日、雪降りつむ。生きるべし」と書き、更に万一を思って〈雪はげし〉と〈雪映えの髪梳くいのちいのりつつ〉の両句を記した。

四女橋本美代子によると、その日の「夕暮になってから〈浴身〉の句とともに〈雪はげし〉の句を短冊にしたため笑顔で手渡してくれた。傍の硯がまだ濡れていた」（『脚注シリーズ1―⑪　橋本多佳子集』昭60）という。遺句〈雪の日の〉と〈雪はげし〉は、多佳子の心を思うと哀しい。なお、誓子は〈愛し〉を「いとし」と読んだが、「かなし」とした多佳子稿も出てきた。入院を前に家の浴室で身を清めたが、特に手と足の指の一本一本を、いとおしむよう念入りに手入れした。もしやの不安の最後にゆきついたところが、自愛であった。誓子は遺句集『命終』の句集名に、「浴身」を主張したという。〈書き遺すこと〉は、もちろん、伝えたいさまざまなことや思いだが、生あらば書かれるはずの未生の句への思いも、脳裏をよぎったのでは。

橋本多佳子は、明治三十二年、東京市本郷に生まれた。祖父は箏曲山田流家元。後年の作〈古雛《ふるひいな》をみなの道ぞいつくしき〉もあり、育ちからも日本文化の伝統が身体化していたように思う。

十歳で父を失い、東京湯島で、母と妹の親子三人暮らし。日本画を志したが病弱のため挫折。祖父の箏曲を継ごうと、奥許の資格も得た。十八歳のとき、大阪の建設会社社長橋本料左衛門の次男豊一郎と結婚。居を大阪に、のち藩の黒船見張所があった小倉市中原の櫓山に建てた洋館、櫓山荘に移す。そこは小倉を訪ねてきた文化人のサロンにもなり、北原白秋も来ている。大正十一年、長崎旅行帰りの高濱虚子を迎えての句会があり、世話係の多佳子が暖炉に椿一輪を投じたのを見て、すかさず虚子が作った〈落椿投げて暖炉の火の上に〉に魅せられたのが俳句との出会いになった。同席していた杉田久女に師事。昭和四年、大阪中之島公会堂での「ホトトギス」四百号記念大会に出席。山口誓子と出会い、同十年から師事する。この二人の師の句風が、多佳子俳句を決定することになった。

籾干して天平よりの旧家かな

「法隆寺村佐伯家」の前書。誓子師事以前の句。久女からは、まず古典的な叙法、世界を学んだ。

わが行けば露とびかかる葛の花

硬き角あはせて男鹿たたかへる

しかし、第一句集『海燕』（昭16）の誓子師事以前の作品にも〈わが行けば〉のような後年の女の情の表出に、また〈硬き角〉のやがて誓子から学ぶことになる即物表現に通じるものがすでにあり、いずれも多佳子天性の資質でもあったことが分かる。

月光にいのち死にゆくひとと寝る

万燈の裸火ひとつまたたける

誓子師事以後の『海燕』の作品。〈月光に〉は夫を亡くしたときの連作「月光と菊」六句中の一句。命の絶えようとする夫になすすべなく添寝する多佳子。月光が病室にまでさし込んでいる。哀切きわまりない一句。情念を抑え込む誓子から学んだメカニズム、写生構成の方法と、作者の思いとが拮抗し、代表作になった。しかし、『海燕』は、「女誓子の句集」などと批判されたりもした。

霧降れば霧に炉を焚きいのち護る
月光に一つの椅子を置きかふる
母と子のトランプ狐啼く夜なり

第二句集『信濃』(昭22)は、多佳子四十二歳から四十七歳の作品。夫を亡くした多佳子は健康を損じて大戦直前の十六年七月から十月にかけ、松林と白樺林の中に点在する信州野尻湖の貸別荘の一つに、娘たちを連れて滞在。特に避暑客の去ったあとが淋しかった。前句集の硬質と異なり、おのずと自然の中でいのちをいつくしむ句集になった。〈月光に〉の寂寥感は、夫の死の床での月光の句よりも深い。この句集の期間、大戦が始まり、終わった。激動の時代の中での、親娘、身を寄せ合っての暮らしだった。

雪はげし抱かれて息のつまりしこと
雄鹿の前吾もあらあらしき息す
罌粟ひらく髪の先まで寂しきとき
いなびかり北よりすれば北を見る

第三句集『紅絲』（昭26）は、四十八歳から五十二歳の作品。この間、「天狼」が創刊。西東三鬼、平畑静塔などの俳壇の猛者連と切り結ぶ。ひらきなおり、女ごころと情念、女の悲しさを迸らせる。〈雪はげし〉や〈雄鹿の前〉〈罌粟ひらく〉などのような奔放な句は、当時の女性俳句になかった表現であり、一世を風靡した。〈いなびかり〉の句は、多佳子の北志向や情念の激しさとメカニズムが見事に調和し、女の孤心を際立たせる。大胆な表出だが、いずれの句も情にまで純化されており、時に華麗、時に哀切。その裡には毅然とした女の強さも。

寝姿の夫《つま》恋ふ鹿か後肢抱き
罌いで、女あるじに見《まみ》えけり

小動物の多く登場するのも特色。他の句集と異なり編年別でなく、テーマや題材中心の構成なので、この一連には、おのずから多佳子を中心に小動物たちを繞らせた多佳子曼陀羅世界の趣もある。

髪乾かず遠くに蛇の衣《きぬ》懸る

万緑やわが額《ぬか》にある鉄格子

月一輪凍湖一輪光りあふ

第四句集『海彦』（昭32）は、五十二歳から五十七歳までの作品。多く旅をする。『紅絲』の迸りをここでまた内へ沈める。〈髪乾かず〉のようなエロチックで、しかも一寸、妖しく不可思議な世界も。〈万緑や〉は師久女終焉の地、筑紫観音寺保養院での作。鉄格子は保養院の窓のもの。久女狂死説までが流れた。〈月一輪〉は「諏訪湖の凍るを見に再びの来信を約せし伊東槇雄氏僅か十数日のちがひにて急逝さる。訪ひて霊前に額づく」の前書。光り合う空の月の円と地の凍湖の円の照応が美しい。

この雪嶺わが命終に顕ちて来よ

遺句集『命終』（昭40）は、五十七歳から六十四歳までの作品。この句から句集名がとられた。

多佳子は雪領の冷たさ潔さに憧れる。命終に望むのは阿弥陀如来ではなく雪嶺なのだ。かつて誓子たちと乗鞍の山宿で台風に遭遇、帰路を断たれてあわや遭難と思ったときの作品〈蝶蜂の如雪景に死なばと思ふ〉もある。誓子は「『命終』序」で、多佳子の久女からの女ごころの継承を強調し、現今の俳句に女ごころの絶えていることを嘆いた。『橋本多佳子全集』（昭64）の堀内薫作製の「橋本多佳子年譜」によると、命終の病室の壁には、誓子書の「湧泉」と東大寺の名僧上司海雲の書「心身柔軟」が貼られていた。窓からは、誓子と初めて出会った大阪中之島の中央公会堂が見えた。開腹の結果は、肝臓と胆囊に癌があり、淋巴線にも転移。手遅れなので切除せずに閉じた。多佳子はこれで悪い物が除去されたと喜んでいた。誓子は、病室へ通い、許される限り多佳子と時間を共にした。五月二十九日、午前零時五十一分死去。享年六十四。誓子は、あの世でも句がつくれるようにと、懐中電灯、筆記具などを棺に忍ばせた。

三橋鷹女

千の蟲鳴く一匹の狂ひ鳴き　鷹女

みつはし・たかじょ（一八九九〜一九七二）千葉県成田町（現・成田市）生まれ。本名・たか子。初め与謝野晶子、若山牧水に私淑し作歌に励むが、二二年の結婚を機に、俳句に転じる。二九年、「鹿火屋」に参加、のち「紺」「薔薇」「俳句評論」を経て、六九年、湊楊一郎と「羊歯」を創刊。新興俳句系女流俳人として活躍。句集に『向日葵』『白骨』『三橋鷹女全集』など。

一句を書くことは　一片の鱗の剥脱である
一片の鱗の剥脱は　生きてゐることの証だと思ふ
一片づつ　一片づつ剥脱して全身赤裸となる日の為に
「生きて　書け――」と心を励ます

あまりにも有名な三橋鷹女第四句集『羊歯地獄』（昭36）の自序の一節である。これほどまでに一句を書くという営みを追いつめ、自覚した女性俳人はおるまい。先覚者の代受苦ともいうべき宿命を生きた杉田久女、華麗な女情の解放を果たした橋本多佳子に対し、鷹女は孤独や女性の内面の業苦までを汲み上げ、自虐的なと言っていいほどの徹底ぶりで生きることと自己を追いつめた。その魂は、おのずから男女の別や日常次元を超えた領域にまで踏み込んだ。

雁渡る賽の河原に石積まれ
秋蟬やうばすて山に姥を捨て
どんぐりの樹下ちちははのかくれんぼ
千の蟲鳴く一匹の狂ひ鳴き

肋骨に毬かかげ八ッ手老い候
寒満月こぶしをひらく赤ん坊

死後、病床から発見されたノートにうすい鉛筆書きの二十三句が記されていた。なかでも〈千の蟲〉一句は、鷹女の最後の一句として屹立する。鳴きしきる千匹の蟲の奏でる澄んだ声の饗宴の中で、他に和せず、激しく狂い鳴く孤独な一匹の蟋蟀。朗々としたその声は、自己を貫いた誇り高い鷹女そのものの声であった。鷹女はみずからの声に陶酔する。

三橋鷹女が成田山新勝寺の重役の末女として生まれたのは久女に遅れること九年、多佳子とは同年。少女時代は短歌になじんだ。歯科医の夫、剣三の影響で俳句に転向、原石鼎の吉野時代の作品に魅かれて石鼎に、ついで小野蕪子に師事、戦後はその死に至るまで高柳重信と行動を共にした。

蝶とべり飛べよとおもふ掌の菫
日本の我はをみなや明治節
夏痩せて嫌ひなものは嫌ひなり

第一句集『向日葵』（昭15）の初期三様の句。第一句はその機智と与謝野晶子に私淑した浪漫性が後年の鷹女を予告する。いかにも初々しい出発。〈日本の〉は、大戦へ向かいつつある時代の作品。大和撫子―やさしいが内に強さをも持つ日本女性の誇りは、最後まで失わなかった。〈夏痩せて〉は鷹女独自の文体の出現。この種の句では〈煖炉灼く夫よタンゴを踊らうか〉〈ひるがほに電流かよひゐはせぬか〉などがある。

紅葉雨鎧の武者のとほき世を
この樹登らば鬼女となるべし夕紅葉

『魚の鰭』（昭16）は、鷹女の女盛り時代の句集。雨に濡れた紅葉と武者の鎧の色の配合が美しい。絢爛とした華麗さと浪漫性は、鷹女俳句の一つの高峯をなす。特に〈この樹登らば〉は謡曲「紅葉狩」を連想する人も多い。女の情念と執念の激しさは、鷹女を鬼に変身させてしまう。すでに鬼女となった鷹女は、「人の域さえわずかに超えた幽玄の世界」（馬場あき子「鬼女となるべし夕紅葉」昭51）に踏み込む。自己を苛んで得た戦慄的な美の世界。

白露や死んでゆく日も帯締めて
老いながら椿となつて踊りけり
鞦韆は漕ぐべし愛は奪ふべし
白骨の手足が戦ぐ落葉季

第三句集『白骨』（昭27）は、鷹女の戦中から戦後五、六年に至る作品だが、彼女は四十代から五十代にかかっていた。老いの意識が四十代から始まる。誇り高い鷹女にとっては、老いてゆくことが許せなかった。

〈白露や〉は鷹女の女性としての矜持である。ここにも明治女性の誇りと強さ――身体化した大和撫子の精神が生きている。心酔した富澤赤黄男には、明治男子の句として〈大露に腹かつきりし漢かな〉がある。〈老いながら〉の句。華やかなダンスパーティ。しかし、こうして踊っている間にも老いは進行している。せめて赤い大輪の椿の花にでもならなくては……。彼女の変身願望。また、その老いゆく意識が、〈愛は奪ふべし〉と愛を駆りたてる。〈白骨の手足〉の白骨は自己の白骨であろう。自身の白骨の幻視は恐ろしい。「ここにこの句集の出版を一段階として、やがて詠ひ終る日までへのこれからの日々を、心あたらしく詠ひ始めようとする悲願が、この一書に『白骨』の名を付せしめた。さうして私はもはやその第一歩をここに踏み出したのである」と、句集の「後記」に記した。

鴨翔たばわれ白髪の媼とならむ
十方にこがらし女身錐揉に
狂ひ凧宙に狂はせ歔欷
青葡萄天地ぐらぐらぐらぐらす
踊るなり月に髑髏の影を曳き
ひまはりかわれかひまはりかわれか灼く
墜ちてゆく　炎ゆる夕日を股挟み
口中一顆の雹を啄み　火の鳥や

最初に紹介した句集『羊歯地獄』の自序は、鷹女六十三歳のときの執筆であった。当時の年齢観からしたら、老境へ向かう時期である。

鷹女は、この時代、「薔薇」に参加、当時、抽象の極限を求めて句作を展開していた富澤赤黄男と出会い、根底からつき動かされる。彼に習い、一字あき表記も用いたりしてその作品に挑んだ。老いの意識はますます深まってゆくが、自己変革—乱れもいとわぬ円熟拒否の皮剝ぎ作業を実践する。赤黄男は純粋抽象の世界に至って〈草二本だけ生えてゐる時間〉〈零《ゼロ》の中　爪立ちをして哭いてゐる〉などを最後に沈黙せざるを得なかったが、鷹女は女性性の特性を生かし、夕日と共に墜ちてゆくにしても、その〈炎ゆる夕日〉を〈股挾〉んで墜ちてゆく。誰も踏み込んだことのない、凄絶の極みでありながら、雄大な詩的言語空間に出ることに成功した。

いまは老い蟇は祠をあとにせり
蟇うたふ老杉のみどり垂り
はるかな嘶き一本の橅を抱き
老鶯や泪たまれば啼きにけり
巻貝死すあまたの夢を巻きのこし
枯羊歯を神かとおもふまでに痩せ
椿落つむかしむかしの川流れ
一匹の蟻ゐて蟻がどこにも居る

最後の句集『橅』（昭45）では、自己追求はそれとして自己の魂鎮め、自愛の世界も展けてくる。

夏暁鶴のごとくまどろみ晩年
藤垂れてこの世のものの老婆佇つ
うつうつと一個のれもん妊れり
ふるさとは山鳩が啼く夢も老いて

『橅』の出版後、一年余の昭和四十七年三月二十日、腹部に大出血。再度の手術も効なく、四月七日に永眠。享年七十二。その間、冒頭で述べた「遺作二十三章」のほかに四十三句を発表している。とりわけ〈藤垂れて〉の句は、鷹女最晩年の世界を作品化していて注目される。あれほど老いを拒んだ鷹女である。その鷹女が詠んだ〈老婆〉である。〈老婆〉は第三者かも知れないが、自身でもあろう。この世のものというが、あの世あってのこの世であろう。時は晩春。その鷹女の老姿を、無数の蝶型紫色の花からなる藤の花房が荘厳する。

永田耕衣

枯草の大孤独居士ここに居る　耕衣

ながた・こうい（一九〇〇〜一九九七）
兵庫県加古郡尾上町今福（現在、加古川市）生まれ。兵庫県立工業学校卒業。三菱製紙高砂工場に入社。五五年、製造部長として定年退職。「鶏頭陣」、「鶴」などを経て四九年、主宰誌「琴《リラ》座《ザ》」創刊。神戸市文化賞・兵庫県文化賞・現代俳句協会大賞・詩歌文学館賞受賞。書画も有名。句集『驢鳴集』『闌位』『物質』『泥ん』など。

平成七年一月十七日午前五時四十六分、阪神・淡路大地震。神戸市須磨の永田耕衣家田荷軒は倒壊。耕衣が二階のトイレに入った直後だった。その狭い空間が幸いして奇跡的に無事。閉じこめられ、傍らにあった湯こぼしの銅器で手洗い台を叩き、救いを求めた。そのうち調子が出てきて音にリズムまでつけていたという。気づいた近所の青年がトイレの窓から救出。階下の家人は重傷。耕衣自身は、二年半後の命終まで、終の栖になった大阪府寝屋川市の特別養護老人ホームに移った。

六月一日、境涯の激変した九十五歳の耕衣を励まそうと、大阪で「耕衣大晩年の会」が催され、全国の耕衣ファンが集まった。耕衣は記念講演を「私は孤独になりました。孤独は永遠であります」と切り出し、その深遠な哲学に聴衆は圧倒された。独文学者種村季弘の講演、大野一雄・慶人父子の祝舞、最後に耕衣の謡曲と、耕衣を励ますどころか、逆に参加者が耕衣から力をもらう会になった。

白梅や天没地没虚空没

枯草や住居無くんば命熱し

老齢の大俳人の受難と、それをはね返す前向きのその俳句と生き方は話題を呼び、テレビ・新聞など、メディアが次々と取り上げた。

しかし老化は着実に進行。門下の金子晉によれば、翌八年十一月二十二日、遠路、関東から訪ねてくる詩人高橋睦郎への手土産に耕衣色紙の用意でもとすすめたところ、昨日こんな句ができたと示されたのが前掲の〈大孤独居士〉の句。以後、耕衣は句を作らず文字通りの最後の句、最後の揮毫になった。

翌九年四月、突然、嘔吐して入院。八月二十五日午後七時、肺炎にて永眠。享年九十七。句の〈大孤独居士〉はもちろん枯草ともとれるが、枯草に観入した耕衣自身でもある。前述の「耕衣大晩年の会」の耕衣講演によれば「孤独は永遠」である。この一句により、大孤独居士耕衣はこの世に永遠に存在することになった。

ところで永田耕衣は、震災で脚光を浴びるまで俳句総合誌にも余り登場せず、主宰誌「琴座」も三十ページ前後の小結社誌。しかしこの簡素な誌の寄稿者や読者の名を知ったら吃驚《びっくり》する。西脇順三郎、棟方志功、梅原猛、金子光晴、高橋新吉、稲垣足穂、吉岡実、小島信夫、澁澤龍彥、塚本邦雄、馬場あき子、岡部伊都子、高橋睦郎、土方巽……等々の面々が並ぶ知る人ぞ知るの俳誌だった。

そうした現象の原因は、現代になっても観念や哲学を頭から忌避する俳壇や俳人の偏見にあった。近・現代俳句史にあって存在の根源を求め、東洋的無の世界に住し、その俳句化（具象化・肉体化）に専念した稀有な存在が永田耕衣だったからだ。
永田耕衣は明治三十三年生まれ。句作は二十歳の頃から。師を求めて各誌を遍歴。原石鼎・小野蕪子に師事。その九十七歳に至る七十余年間に十三冊の句集と三冊の全句集ほかを遺した。

日のさして今おろかなる寝釈迦かな
田にあればさくらの蕊がみな見ゆる
死近しとげらげら梅に笑ひけり
父祖哀し氷菓に染みし舌出せば

初期句集『加古』『傲霜』『與奪鈔』（昭和五年三十歳から同二十一年四十六歳）の作品。〈死近し〉は前書「昭和九年二月七日　父終焉　七十四歳　七句」のうちの初句。涅槃の釈迦の顔に愚かさを、また桜の花ばかりではなくその全花蕊まで見てしまったり、〈死近し〉〈父祖悲し〉と、すでにのちの根源俳句および禅的世界への志向が見られる。

夢の世に葱を作りて寂しさよ
かたつむりつるめば肉の食ひ入るや
朝顔や百たび訪はば母死なむ
水を釣って帰る寒鮒釣一人
近海に鯛睦み居る涅槃像

『驢鳴集』『吹毛集』（昭和二十二年四十七歳から同三十年五十五歳）の作品。「天狼」時代の作品が中心。わが根源は「東洋的無」と論じて「天狼」の根源俳句の論作の代表的存在となった。はかない夢の世に葱を作る営みの根源的、宇宙的寂しさ。〈かたつむり〉の物に徹した超リアリズム。〈朝顔や〉の母への愛。〈水を釣つて〉は道元「正法眼蔵山水経」のパロディ。〈近海に〉群がる桜色の鯛の乱舞。涅槃（ニルヴァーナ）に通じる清浄のエロス。両句集により、耕衣俳句は一つの頂点に達した。

死螢に照らしをかける螢かな
野を穴と思い跳ぶ春純老人
白桃を今虚無が泣き滴れり

『悪靈』（昭和三十年五十五歳から同三十八年六十三歳）の作品。当時の前衛俳句との対抗もあり、前二句集の完成された世界をみずから破壊し、広げ、更なる前進を図る。〈死螢に〉の凄愴。〈野を穴と〉の句は〈純老人〉の造語で成功した。死欲《しによく》・強秋《こわ》・秘晩年・夢殻など、耕衣は造語の名手。金子晉編『耕衣造語俳句鈔』（平5）一巻もある。〈白桃〉句の虚無が泣く直情表現。

淫乱や僧形となる魚のむれ
少年や六十年後の春の如し
皆行方不明の春に我は在り
コーヒ店永遠に在り秋の雨
薄氷と遊んで居れば肉体なる

『闌位』『冷位』『殺佛』『殺祖』（昭和三十九年六十四歳から同五十五年八十歳）の作品。世阿弥の芸境と禅語を集名にした句集が続く。〈淫乱や〉は「戯作・偽一休自伝抄　十七句」中の初句。一休禅師の妖気横溢。続く〈少年や〉の句についての「少年性と老年性相通のエロティシズム」とは、高橋睦郎の名評（『鑑賞日本現代文学㉝　現代俳句』平2）。

〈コーヒ店〉の句、耕衣のキリマンジャロの酸味へのこだわりは有名。須磨寺近くにそのコーヒー店はあった。〈薄氷と〉の〈肉体〉へのこだわりも。こだわりは耕衣俳句の原点であった。

物質に歳の消入るは寂しけれ

空に肉残り居る山河かな

河骨や天女に器官ある如し

大晩春泥ん泥泥どろ泥ん

老狐その尾俺《わい》に呉れんかい早う早う

瞬間が雨の黒揚羽であつた

晩年句集『物質』『葱室』『人生』『泥ん』『狂機』『自人』（昭和五十六年八十一歳から平成七年九十五歳）の作品。耕衣句集名や「自序」「後記」は、すべてその時々の句世界を象徴或いは述べて解説に優る。順に「肉体即物質」の玩味。「太祇の一句〈交りは葱《ねぶか》の室に入りにけり〉の人懐かしさ、人親しさ」。「生まれて来たことが即興」の暗黒舞漢土方巽の「人生」に感能。「泥ん」は泥のカオスと逐電のドロン。平常の底にある狂（妄想）の活用。「自人」は例の耕衣造語。「ミズカラが人《じん》であり、オノズカラ人であることの恐ろしさ、その嬉しさを原始的に如何に言い開くか」。この期間、特に「衰退こそ成長」とみる「衰退のエネルギー」、「茶化し」つまり「自他を空ずる」（無への自己解消）を説いた。作品はより自由になり、最晩年の華を咲かせた。前述の〈住居無くんば〉〈大孤独居士〉を収めた『未刊集・陸沈考』も遺された。

いまや跡形もなくなってしまった六畳ほどの耕衣書斎が懐かしい。玄関入ってすぐのミシミシ鳴る階段を上がった二階。書棚のほかは、来客用のソファーと小卓。自筆の書画や白隠の書が掛けられ、永年かかって蒐集し、馴染んだ李朝水差、そば猪口、古伊万里徳利、古鈴、李朝鉄製錠前、小石仏など、愛蔵品が本棚の隙間や床に何気なく置かれていた。そこには、耕衣俳句のもとをなすもう一つの耕衣宇宙があった。田荷軒倒壊跡から組織的に掘り出された品々は、今、姫路文学館に収蔵されている。

西東三鬼

さいとう・さんき（一九〇〇～一九六二）

岡山県苫田郡（現・津山市）生まれ。本名、斎藤敬直。歯科医。三五年、「京大俳句」に加入、新興俳句運動に参加。四〇年、「天香《てんこう》」創刊。京大俳句事件にて検挙されるが、起訴猶予。戦後、禁じられていた俳句を復活。山口誓子を擁し、「天狼」を創刊。四七年、石田波郷らと「現代俳句協会」設立。句集『旗』『夜の桃』『西東三鬼全句集』ほか。

秋の暮大魚の骨を海が引く　三鬼

西東三鬼には幾つかのキーワードがあった。曰《いわ》くダンディスト、コスモポリタン、エトランゼ、リベラリスト、ニヒリスト、ドン・キホーテ、エピキュリアン、漁色家、俳壇政治屋……。確かに青年期の海外生活や戦時中の神戸の三鬼館時代、女性への優しさと絶えることのなかった複数の女性関係、俳句団体の結成や「天狼」創刊に見せた思いきった行動力と組織力などを思えば、いずれも真実だったのだろう。まさに俳壇にとっての新人類であった。そしてそれらの根にあったのは、案外、人一倍に感じやすい存在することの淋しさと、人懐かしさだったのではなかろうか。

それにしても、エイプリル・フールの西東三鬼忌は、みずからの死までも演出していったようで、ダンディスト三鬼最後の傑作のようにさえ思えてくる。

昭和三十一年、五十六歳の西東三鬼は、角川書店の「俳句」編集長に就任、新天地を求めて居を神戸から神奈川県葉山に移した。女性から逃れるための東上でもあったが、そこが終の栖になってしまった。以下、西東きく枝「看護日録」(「俳句」昭37・5)によると三十六年八月頃から体調を崩し、癌のため胃を切除。手術の前日、剃毛がすむと、「かあちゃん、生きられるかどうか分からない。抱いてくれ。たった一つの生のあかしだから」と、菊枝夫人にせまったという。肋膜炎を併発、危篤になるが回復、退院して自宅静養。

しかし癌の転移は急速で、昭和三十七年二月には、家人は余命一か月を告げられた。三月には起き上がれなくなり、危篤。血清肺炎も併発、昏睡状態も始まり、夫人と門下の俳人の必死の看病が続いたが、三十一日夜、昏睡状態に陥る。一時、昏睡から覚め「かあちゃん、もうあかんわ」の一言を遺して、数時間後の四月一日午後十二時五十五分に息絶えた。享年六十二。

春を病み松の根つ子も見あきたり

絶句は三月七日作。この世への別れ、挨拶の句であり、〈見あきたり〉と少し強がって見せたところも、いかにも三鬼の絶筆らしい。

昭和三十七年四月二日、密葬。八日、角川書店屋上で、初めての俳壇葬が行なわれた。西東三鬼は、明治三十三年、岡山県津山に生まれた。父母を早く失い、長兄に引き取られて上京、青山学院中等部で学んだ。小学生の頃から病弱で文学書を濫読、特に漱石狂だった。小学生の時に漱石最後の完成作『道草』(大4)まで読んでいたというから、その一節「世の中に片付くなんてものは殆どありやしない」などとうそぶく、早熟で内向的な少年であったに違いない。また三鬼らしい人の良さだが、友人につき合って受験した日本歯科医専に入り、そのまま卒業と同時に結婚。つまり、なりゆきで歯科医になり、日本郵船シンガポール支店長だった長兄の指示で同地に歯科診療所を開業。しかし「豆自叙伝」(「天狼」昭37・5)によると、日々ゴルフ、ダンス、麻雀に熱中、「在留のバグダッドやアレキサンドリアの市民を友」とし、「熱帯の夜々、腋下に翼を生じて、乳香と没薬の国を遊行」するといった生活で医業にも行きづまり、病を得て山東出兵による排日運動に追われるように帰国。当時の心境を「哀れなるかなイカロスは翼を焼かれて地に堕ちた」と記している。

帰国後も職場を転々、三十三歳の時、勤務先病院の泌尿器科患者に誘われて句会、やがて幡谷梢間居(東吾)、清水昇子、三谷昭などと知り合う。たまたま新興俳句の興隆期。「天の川」や日野草城の「旗艦」に投句、平畑静塔の「京大俳句」にも参加。気の乗らぬ実生活での幾度かの挫折のあと、初めて打ち込めるものに出会えたかのように、それからは俳句にのめり込んだ。

　聖燭祭工人ヨセフ我が愛す

　水枕ガバリと寒い海がある

春ゆふべあまたのびつこ跳ねゆけり
白馬を少女瀆れて下りにけむ
昇降機しづかに雷の夜を昇る
機関銃熱キ蛇腹ヲ震ハスル

第一句集『旗』（昭15）は、昭和十年から十四年に至る作品を収録。たとえば〈聖燭祭〉のキリスト教俳句、〈水枕〉〈春ゆふべ〉のオノマトペやシュルレアリスム、〈白馬〉から降りる少女をその瞬間に瀆れたと感じとる感性など、従来の俳句にとっては未知の世界を拓いた作品に満ちていた。こうした作品を句作二、三年で並べたのだから驚く。特に〈機関銃〉の句で始まる、内地にいて戦争を言葉のレアリスムで脳中に再現した戦火想望俳句の連作は、山口誓子の絶賛を得て注目された。しかし、京大俳句事件で逮捕され、釈放はされたが、以後句作は禁じられた。

昭和十七年、家と家族を捨てて単身神戸に出奔。在留外国人やバーの女性たちの住むアパートで、彼等を友に戦時を送った。

終戦と共に句作活動を再開。たまたま見た一日も欠かさずに日付入りの句作を重ねる誓子の『激浪』（昭21）稿に感動、「天狼」創刊に尽力する。

広島や卵食ふとき口ひらく
国飢ゑたりわれも立ち見る冬の虹
おそるべき君等の乳房夏来《きた》る
中年や遠くみのれる夜の桃
女立たせてゆまるや赤き旱星
枯蓮のうごく時きてみなうごく

この間の戦後俳句を収録した『夜の桃』（昭23）の作品。ただし〈広島や〉は占領軍の検閲を恐れて句集には収めていない。戦時の五年に及ぶ句作禁止中、四十五歳を迎え、作品には中年感情が色濃くなる。収斂の方向も見えてくるが、風俗やエロスへの関心も旺盛であり、三鬼俳句の復活を果たした。またこの期間、新俳句人連盟の分裂、現代俳句協会の設立にかかわり、俳壇組織者の本領を発揮する。

犬の蚤寒き砂丘に跳び出せり

蓮池にて骨のごときを摑み出す
頭悪き日やげんげ田に牛暴れ
満月のかぼちゃの花の悪霊達

「天狼」創刊に成功。しかし「天狼」創刊後の作品を収めた第三句集『今日』（昭27）は、その序文で平畑静塔から「三鬼の疲れ」を指摘された。三鬼は反発したが、誓子への傾斜が収斂に向かい、かつての新分野を拓く外へ向かう力に生彩を欠いたことは否めない。一つの過渡期だった。
その死の一か月前に三鬼の病床に届けられたのが、第四句集『変身』（昭37）だった。

寒夜明け赤い造花が又も在る
朝の氷が夕べの氷老太陽
暗く暑く大群衆と花火待つ
つらら太りほういほういと泣き男
青高原わが変身の裸馬逃げよ
秋の暮大魚の骨を海が引く

句は『今日』の低迷を抜け、外へ向かう活力が甦り、内と外へ向かう力が均衡する。特に〈秋の暮〉の句は、最後の句集に至るまで新しい俳句を求め続けた三鬼の行きついた秀作であった。

師の誓子は「この〈大魚〉を私は、常凡の大魚とは思はず、古代の爬蟲類のやうなものを想像し、博物館に陳列されてゐる爬蟲類の白っぽい骨を想像する。／地球の秋の暮に、海はそのやうな大魚の骨をぢりぢり引き込まうとしてゐるのである。／この句を私は、三鬼氏が苦労して作りつづけて来た新しい俳句の一つの典型だと考へる。／厳然とそこに三鬼がゐる」（『変身』序）と評した。蛇足を加えるなら、海へ帰る大魚の骨は三鬼自身でもあろう。古今の〈秋の暮〉の名作と拮抗しながら超現実的であり、若き日の句集『旗』の〈水枕〉や〈あまたのびつこ〉の句のオノマトペやシュルレアリスムの方法を思わせる新しさを内蔵している。まさに三鬼の古典と競う〈秋の暮〉の句であり、収斂と新しさとの調和が見事であった。死の二年前の秋の作だが、生涯の句業をしめくくるのに、ふさわしい作品だった。その意味で、本稿ではあえて前記の絶句に代え、最後の一句には、三鬼渾身の〈秋の暮〉を選んでみた。

中村草田男

折々己れにおどろく噴水時の中　草田男

なかむら・くさたお（一九〇一～一九八三）中国・厦門《アモイ》の生まれ。本名清一郎。東京帝国大学独文科入学後、国文科に転科、卒業。二八年、句作、翌年、虚子を訪問。三四年、「ホトトギス」同人。四六年「萬緑」創刊。俳人協会初代会長。「人間探求派」の代表的俳人として活躍する。『長子』『萬緑』『来し方行方』『大虚鳥』『中村草田男全集』などがある。

昭和五十二年、中村草田男は、旅先で妻直子を脳溢血のため失う。長年連れ添い、何度も句に詠んだ最愛の妻であった。その死がきっかけのように心身は弱まり、五十八年八月五日、急性肺炎で逝去。享年八十二。

　　玫瑰や人地にありて地を惜しむ
　　折々己れにおどろく噴水時の中

死の年の主宰誌「萬緑」七月号と九月号の掲載句。後句が最後の発表句になった。〈玫瑰や〉と言えば、初期の代表作〈玫瑰や今も沖には未来あり〉。カール・ブッセは〈山の彼方〉の〈幸せ〉に憧れたが、沖にある草田男の〈未来〉はより明るく強い。死の一カ月前の〈玫瑰や〉では、作者の関心は〈沖〉でなく、自己と〈地〉へ向かう。句中の〈人〉は死の床の自己。死にゆく自己を〈人〉というこの自己客観化の精神は凄い。同時に草田男の句なら〈人〉を人類と読む視点も重要。〈地〉は、原初以来、人間が理想を求めて生きてきた場、世界であった。その〈地〉と人間を賛美し、いつくしむ。

次句。噴水は、仕掛けの都合で不意に水を高く噴き上げたり、逆に低く止まりそうになったりすることがある。その瞬間、噴水は普段意識していない自身の存在に気付いて駭く。

また時間（永遠）の中にいることにも。勿論、この噴水には作者自身も重なる。両句とも個に籠っての感慨ではなく、自己を全体の中に位せしめることで分明になる本質（真理）を表現する草田男本来の方法を貫いており、草田男俳句を締め括るにふさわしい句と言ってよい。

中村草田男は中学時代から神経を病み、大学を卒えたのは三十二歳。十九歳の時、ニーチェの『ツァラトゥストラかく語りき』を、以後ストリンドベリー、ドストエフスキー、チェホフ等を耽読、草田男の精神的基盤になった。高等学校時代、生死の問題に悩み、列車の車窓から生死の世界と永遠とを同時に見てしまう異常な心理体験（ラザロ体験）をする。昭和四年、二十七歳の時に虚子と会い、同年の「ホトトギス」九月号に四句入選、花鳥諷詠に救いを求めた。そのためか、第一句集『長子』（昭11）は四季別構成をとる。

貝寄風《かひよせ》や乗りて帰郷の船迅し

蟾蜍長子家去る由もなし

秋の航一大紺円盤の中

降る雪や明治は遠くなりにけり

『長子』は、二十八歳から三十四歳の作品。代表作が並ぶ。抒情、ニーチェ的運命愛、新興俳句を思わせる漸新ありで出発から句世界は広く、しかも対象への迫りかたも真摯。

妻二タ夜あらず二タ夜の天の川
父となりしか蜥蜴とともに立ち止る
妻抱かな春昼の砂利踏みて帰る
萬緑の中や吾子の歯生え初むる

三十四歳の時に結婚。第二句集『火の島』（昭14）では、『長子』にあった内向的ペシミズムを手放しの愛妻俳句、吾子俳句、健康的な生命賛歌で突き抜ける。

壮行や深雪に犬のみ腰をおとし
勇気こそ地の塩なれや梅真白
焼跡に遺る三和土《たたき》や手毬つく
空は太初の青さ妻より林檎うく
炎熱や勝利の如き地の明るさ

その後、『萬緑』（昭16）、『來し方行方』（昭22）、『銀河依然』（昭28）と句集を重ねるが、この期間、太平洋戦争が始まり、敗戦、戦後の混乱を迎える。戦中の出征風景、焼け野原、戦後風景と、句材も変わってゆく。特に第一句の出征風景を客観視する犬に仮託したおのずからなる批判性や〈勇気こそ〉〈空は太初〉〈炎熱や〉の『聖書』への関心と向日性が注目される。この頃から思想性、社会性の散文的な要素と純粋な詩的要素とが一体となった「第三存在」（『銀河依然』跋）の誕生がテーマになる。

チンドン屋すずむヒタと世寂《しづ》かになし
真直ぐ往けと白痴が指しぬ秋の道
子のための又夫《つま》のための乳房すずし

次の『母郷行』（昭31）、『美田』（昭42）になると、圧倒的な制作意欲の昂揚と内部生命の燃焼による湧出の時代、多作時代を迎える。句作に句集が追いつかなくなる。というよりも、句作が第一で、句集は二の次になる。この期間の代表作が〈真直ぐ往け〉の句。無言で詩人のゆくべき道を直示する白痴は、ドストエフスキー『白痴』の主人公ムイシュキン公爵が代表する聖白痴。〈秋の道〉は、芭蕉の〈此道や行く人なしに秋の暮〉の道でもあった。

旧景が闇を脱ぎゆく大旦《おほあした》
白馬の眼繞《めぐ》る瘤脈雪の富士
日向ぼこ父の血母の血ここに睦め

草田男が生前編んだ最後の句集が『時機《とき》』（昭55）。前句集から十三年ぶりの新句集。句集名「時機」は『新約聖書』の「ヨハネ黙示録」に「見よ時機は近づけり」とある。端的には「存在者の終熄の必然性の明示」「死の直示」。妻の急死と関わっていることは確かであろう。今回もスケールの大きな句が散見される。〈旧景〉は馴染みの景。〈白馬の〉の上五・中七は、富士の頂上からの稜線の暗喩。怒張した瘤脈はリアリズムの極致。この句集の特色は、四篇の群作、特にデュラーの精神的自画像ともいうべき版画「メランコリア」に挑んだ群作三十七句が収録されていること。草田男はデュラーになりきり、その版画に描かれた世界、宇宙と対峙する。

雪富士や来たれと呼べば山来るなり

初鴉大虚鳥《おほうそどり》こそ光あれ
初鴉大虚鳥こそ天翔けれ
初鴉大虚鳥の声限り

遺句集『大虚鳥』（平15）は、未整理のまま遺された昭和三十八年以降、没年までの二十年間の作五千余句から、「萬緑」運営委員会が七百六十五句を選んでまとめたもの。特に西洋思想（詩・文学）と俳句（芸）との格闘は最後まで続いていたことが分かる。また日常吟であっても真理（現象の奥なるもの）を見抜く作者の透視力に感動する。初鴉三句は句集名のもとになった「俳人自照。三句」と題した作品。〈大虚鳥〉は鴉の蔑称で、あわてものの、嘘つきの、不誠実な鳥の意。大軽率鳥《おほうそどり》とも言い、『万葉集』巻十四に〈鴉とふ大軽率鳥の真実《まさで》にも来まさぬ君を児《こ》ろ来とそ鳴く〉の歌がある。「俳人自照」とあるからには、大嘘鳥は草田男自身でもあろう。その聖性希求の激しさに圧倒される。

ところで草田男が最後まで最も悩んだのは、自由な表現者が宗教の信者になることの難しさではなかったか。特にキリスト教の場合、作者の表現主体を神の側に預けることにもなり、そこに越えがたい溝があったはずだ。

三女・中村弓子によると、最晩年の父は弟子に「今ではこれからどこへ行くのかわかっているんです。そしてそこへ行けば誰に逢えるのかも、今ではわかっているんです。けれどもどういう道をたどって行けばそこに着けるのか、まだそれが分からないんで困っているんですよ」(中村弓子「〈父の洗礼のことなど〉補記」・「萬緑」昭59・4)と言っていたという。「誰」はイエスであろう。草田男の家族は、彼を除き真摯なクリスチャン一家だった。

死の前夜、草田男は病床で受洗する。「神を信じますか?」の神父の問いに対して、どれだけ草田男の意識が明晰だったろうか。いずれにせよ今は、その魂の平安であることを祈りたい。

子規に始まった俳句革新は、俳句を同時代人の表現形式にすることであり、おのずと俳句の近代化を目ざした。山口誓子が西洋の近代芸術の方法(精神)を導入、新興俳句を誘導したのに対し、草田男は西洋思想の内容を俳句で受け止めようと苦闘した。その分野で、スケール、深度から彼を超える近代俳人は出ていない。肺活量の大きな近代俳句の巨人であった。

山口誓子

やまぐち・せいし（一九〇一〜一九九四）京都市上京区生まれ。本名、新《ちか》比《ひ》古《こ》。樺太在住の小学校時代から句作。二〇年、京大三高俳句会で鈴鹿野風呂、日野草城の指導を受け、「ホトトギス」に投句。のち、京大俳句会に入会し、水原秋櫻子と出会う。三五年、秋櫻子の「馬酔木」に参加。四八年、「天狼」を創刊した。句集に『凍港』『炎昼』『激浪』『新撰大洋』『山口誓子全集』など。

一輪の花となりたる揚花火　誓子

山口誓子のように、老いを受け入れず、常に前に向かって進行形であった俳人には、そのときどきの句が最後の一句で、世にいういわゆる辞世や最後の一句はない。そこに、誓子俳句の真髄があった。

平成五年八月七日夜、大がかりな花火大会を見る最後の機会とでも予感したのか、わざわざ神戸ポートピアホテルの最上階から、港に揚がる花火を見物した。

一輪の花となりたる揚花火
毬に見え平板に見ゆ揚花火
全開し花火大きな菊花なり
揚花火芯を囲める菊花弁
花火終へ港のぐるり灯が残る

ここで最後の一句として選んだのは、その時の作「神戸港花火大会五句」の巻頭句である。この一連を単なる群作として見るには、花火開始から終了までを順を追って起承転結もたどれ、構成的である。若き日に切り開いて一世を風靡した連作の方法で展開している。以後、句の発表はない。これを里帰りと見ることも可能かも知れないが、誓子は最後までみずから信じる方法を貫いたことになる。

翌九月には視力も低下。「天狼」休刊を、更に十一月には終刊を決意した。翌年一月からは聴力も落ち、咳や痰も激しく、三月二十六日、呼吸困難から入院。同日午後四時三十分、永眠。享年九十二。

山口誓子の句業を俯瞰するには、三期に分けて考えると分かりやすい。

① 第一句集『凍港』（昭7）より第三句集『炎晝』（昭13）の時代（大正十三年～昭和十三年）。少年期の樺太回想句に始まり、近代生活の新素材と西欧近代芸術の方法と精神を俳句に導入、俳句の近代化に努めた。

② 第四句集『七曜』（昭17）より第九句集『和服』（昭30）の時代（昭和十三年～二十六年）。宿痾（呼吸器疾患）を得て外に向けていた眼を内に転じ、みずからの生命の根源の把握に努めた。

③ 第十句集『構橋』（昭42）より第十七句集『新撰大洋』（平8）の時代（昭和二十七年～平成五年）。眼を内と再び外に向け、自然や人間生活の諸相を積極的に詠んだ。その方法が①と②を融合した関係づけであった。

どんよりと利尻の富士や鰊群來《にしんくき》

おほわたへ座うつりしたり枯野星

山口誓子は、明治三十四年、京都に生まれた。外祖父に引きとられ、樺太（サハリン）で育った。第一句集『凍港』も、少年期の樺太回想句から始まる。極寒の地の自然詠は、感情の昂りを伝えて当時の俳句の趣味的箱庭的自然を突き抜け、七十余年後の今日読んでもみずみずしい。万葉用語の活用も効果的。

誓子少年が樺太に滞在した明治末期から大正初年にかけては、わが国にとって資本主義の発達期、領土拡大政策期であり、その橋頭堡が樺太であった。外祖父は自由党員であったし、後年の誓子俳句の外へ向かう近代志向に影響を与えたと思われる。また、母の自殺もあり、この境遇と極北の自然の中での多感な少年期体験は、誓子俳句を貫く厳格主義の形成にも大きな影響を与えたと思われる。

ピストルがプールの硬き面《も》にひびき

夏の河赤き鐵鎖のはし浸《ひた》る

俳句史的にも第一期の最も大きな仕事は、俳句素材の拡大と近代的感覚、特に構成、メカニズム、モンタージュという西欧近代の方法、精神の導入。セザンヌの仕事が立体派を導き、以後の絵画を一変させたように、誓子は新興俳句展開への道筋をつくり、当時の俳句を一変させてしまう。虚子の写生に対して「写生構成」を説く。「〈写生〉とは〈現実の尊重〉／〈構成〉とは〈世界の創造〉／そして〈写生構成〉とは〈現実に近づき、然も現実を無視すること〉」（「現実と俳句」昭7）と断言する。単純写生絶対の当時にあっては、コペルニクス的転回であった。当時の誓子俳句は、構成主義の連作で、作品世界を展げた。

蟋蟀が深き地中を覗き込む

海に出て木枯帰るところなし

第二期は戦争の進展と宿痾による社会からの引退が重なり、孤独の時代。そして敗戦へ。戦中から戦後にかけては、千句単位の日付入り句集三部作、第五句集『激浪』（昭21）、第六句集『遠星』（昭22）、第七句集『晩刻』（昭22）を書き下ろす。「……私は、戦争の中にあつて孤独で、病気に閉ぢこめられてゐたから自分の生きてゐることが不確かでならなかつた。それを確かめるためには、人間は外界との関聯に於て確かめる他はなかつた」

〈「自叙伝」昭44〉「そのためには日課のように一日の怠りもなく句作にはげんだ」と言う。

悲しさの極みに誰か枯木折る

寒き沖見るのみの生狂ひもせず

戦後は、昭和二十三年一月、西東三鬼・橋本多佳子・秋元不死男らと「天狼」を創刊。「酷烈なる精神」を唱える。自身もますます内面の掘り下げを進める。短い俳句は、深さ〈根源〉の追求なくしては他文芸と拮抗できない。それを支えるのが具象性、メカニズム、作品の内部構造であった。初期「天狼」の俳句運動は、俳句固有のものは何かという俳句の本質論でもあった。この俳句本質論は、根源俳句に限らず、誓子俳論の一貫した特色で、のちの「自然と物との関係論」も、方法論と共に本質論であった。

しかし、その内面や根源の追求も極限にまで達し、〈寒き沖見るのみの生狂ひもせず（昭24）〉とまで孤独を追いつめてしまった誓子には、狂いでもしない限り、その先にどんなすべがあっただろうか。

天耕の峯に達して峯を越す

白瀧の速世の常の瀧ならず

第三期も明晰者であろうとした誓子は、健康を取り戻すと、かつて都市生活を詠んだように再び眼を外へ転じ、今度は外のもの、つまり自然も人間生活の諸相もすべて俳句化し、内へ取り込むことが生の証しになった。そのため、積極的に国の内外を旅した。

この第三期の句作を支える俳論が、俳句は自然と物との関係を詠む詩であるという定義。しかもその関係は常に新しい関係でなくてはならず、その方法が「見立て」と「飛躍」だった。この見立てと飛躍は、メカニズムの発展したものとも考えられる。この期間は、その死までの実に四十五年の長期に渡ることになる。問題は明晰の一面、物の奥や関係にまでは達するが、結果としては物にとらわれ、その先の世界（虚）への踏み込みを禁じることだ。その結果、〈高嶽は高きに雪を捧げ持つ〉〈げんげ田の廣大これが美濃の國〉〈回轉のプロペラ雪嶺撫でやまず〉などの厖大な数の具象俳句、旅行俳句の累積が、読者に退屈と虚しさを感じさせ、一般には不評だった。それは、誓子自身の性格もあったが、窮極的に物を出ることのない近代リアリズムがもつ本質的なむなしさでもあった。そうした意味では、誓子は近代の限界に殉じたと言ってよいかも知れぬ。

富士火口肉がめくれて八蓮華（昭45）
歳晩の街シェルマーク八本指（昭54）
マンションの干蒲団みな白き舌（平3）

しかし、晩年の句には「近代」や「物」を突き抜けた句も。たとえば〈富士〉の肉がめくれた赤い火口はまさに女陰。またこの景は、火口を大日如来にした胎蔵界曼陀羅。以下の二句のマニエリズムやキッチュ、怪奇的志向も、近代や物世界を超えた世界への踏み込み。そこから新しい世界への展開の可能性も開けてきたのではと思うと残念である。

サハリンに太くて薄き虹懸る

平成四年八月、九十歳の誓子は少年期を送ったサハリンを訪問。五年、呼吸音に異常があったが富士山行などを決行、講演もこなした。その後の花火大会のことはすでに述べた。「天狼」誌上最後の句、サハリンの句を最後の一句にしてもよいが、初期の方法を信じて貫いた連作「神戸港花火大会」の一句を選んでみた。とりわけ最初の一発、その花火の花の鮮烈にして豪華な大輪は、誓子の脳裏に、いつまでも刻印されていたに違いない。

富澤赤黄男

とみざわ・かきお（一九〇二〜一九六二）愛媛県西宇和郡川之石村（現・八幡浜市）生まれ。本名、正三。早大在学中より「ホトトギス」「泉」に投句。三五年、日野草城の「旗艦」創刊に参加。戦中は応召、中国大陸を転戦、北千島等の守備につく。戦後、五二年に「薔薇」を主宰、五九年に「俳句評論」創刊同人となるが、晩年は句作を絶つ。句集に『天の狼』『黙示』『富澤赤黄男全句集』など。

零《ゼロ》の中　爪立ちをして哭いてゐる

赤黄男

「俳句といふ定型詩も詩の一つの方法」〈「モザイック詩論」〈「火山系」昭23・12〉〉「詩の言葉はつねに垂直に息づいてゐるもの」「現実―それは外部ではなく自己の内部である」「詩人は、自己の《詩》によって、自己の〈限界〉を超えようとする悲願の中に生きるほかない」〈「クロノスの舌」〈「薔薇」昭29・1〜31・8〉〉と、言語の〈永久革命〉及び〈純粋孤独〉の道を自己に課した新興俳句の雄、富澤赤黄男は、昭和三十六年、体調を崩し、胸部疾患の症状も顕著に。六月、高柳重信に句集上梓の相談。九月、左肺に影。同二十日、句集『黙示』刊。十月十七日、手術。出血止まらず再手術。肺癌手遅れ。十一月、無理に退院。年末、激痛。モルヒネ使用。翌年三月六日、意識喪失。七日、午前十一時過ぎ永眠。享年五十九。通夜と葬儀の棺の前には、〈切株や　人語は遠くなりにけり〉の短冊が置かれていたという。

句集『黙示』は、制作を急いだが予定の発行日に間に合わず、赤黄男に届けられたのは大手術の前日。その作品だが、赤黄男は、昭和三十三年三月の「俳句評論」創刊号発表の〈鳥　消えて　人間はつぶやくものか〉〈句集未収録〉ほかの五句を最後に、三年近く前から沈黙していた。

老残の――無言の鐘を撞き鳴らす
破れた木――墓は凝視する
蛇よ匍ふ　火薬庫を草深く沈め
零《ゼロ》の中　爪立ちをして哭いてゐる

句集『默示』末尾の四句。ここまで孤独を、作品を追いつめたかと思うと、言うべき言葉がない。〈無言の鐘〉を撞くのは誰か。全く鳴らない（或いは何かを伝えることを全て放棄した）鐘だが、これほど読む者の魂に響く鐘は無い。〈蛇よ〉は匍う蛇への呼び掛けだが、その〈蛇〉は〈蛇〉に同化した作者でもあろう。句集の最後に据えられた〈零《ゼロ》の中〉は悽愴。〈無〉というよりも、全く何も存在しない世界。そこに作者は立っているのではなく、爪立ちに耐えながら哭いているのだ。赤黄男は、句集「あとがき」に「私は俳句の〈純粋孤獨〉を考へつづけてきた／これもその實験のひとつであり、〈詩的純化〉への、私の無殘な否定、削殺の様式《スタイル》である／この〈默示〉はもちろん、D・H・ローレンスの〈アポカリプス〉（ローレンスの作品「默示」―筆者注）ではない／これは、あくまでも私の〈ガラスのコップ〉なのである」と記す。前述の断筆による沈黙への述懐でもあるが、なんと誇り高い詩人の宣言ではないか。世に言う「行詰まり」では決してなく、極限の表現としての沈黙に至ったのである。その証拠にその沈黙が、今でも読者に沈黙でしか伝えられない、実に多くのことを語っているではないか。

富澤赤黄男は、明治三十五年、愛媛県生まれ。早稲田大学卒業後広島工兵隊に入隊。昭和二年、少尉で除隊。幾度か事業に失敗。十二年、日中事変で再入隊。中支を転戦。十五年、マラリア発病。中尉で召集解除。翌年、大戦前の動員令で北千島、占守島へ。十九年、動員解除。再三の転職の後、俳友・水谷碎壺の会社に入社。三橋鷹女と同じ東京の吉祥寺に住した。

銭《かね》貸してくれない三日月をみてもどる
妻よ歔《な》いて熱き味噌汁をこぼすなよ
乳房はおもたからずやうすごろも

『現代俳句』第三巻（昭15　河出書房）収録の初期作品。新鮮な感覚、感性は目を惹くが、高屋窓秋の影響を抜けていない。富澤赤黄男の独自性はまだである。赤黄男の出発点として興味深い。

鶴の舌赤銅の日に哭きただれ

南國のこの早熟の青貝よ

戀びとは土龍のやうにぬれてゐる

枯葦を瞳につめこんでたちもどる

第一句集『天の狼』（昭16）。昭和十年から十六年の作品を収録。新興俳句の記念碑的句集。句集は四章からなる逆年順構成だが、便宜上時代順に読む。従軍以前の作「鶴の抒情」より。

程よくモダンで、ロマンチック。〈戀びとは〉の〈土龍〉の比喩は絶妙。次句の〈瞳につめこんで〉の叙述も。赤黄男俳句の特色である典型志向も見えてきた。「旗艦」創刊に闘志を燃やす。

落日に支那のランプのホヤを拭く

やがてランプに戦場のふかい闇がくるぞ

＊

戞々とゆき戞々と征くばかり

幻の砲車を曳いて馬は斃れ
一木の凄絶の木に月あがるや
一輪のきらりと花が光る突撃

従軍中の作品「蒼い彈痕」より。〈ランプ—潤子よお父さんは小さい支那のランプを拾ったよ—〉の小題を付し、〈落日に〉〈やがてランプに〉に始まる戦場より幼い愛娘に贈られた絵本のような連作八句は、父情を表現して感動的。〈戞々と〉は軍靴の響き。発表年月から出征兵士の状景ともとれるが、大陸の広野を転戦する皇軍の軍靴の響きが耳を離れない。〈一木の〉には「絶望」の前書。戦場に立つ一本の死木。疲れ果て絶望の極みにある兵士にも、夜が来れば鮮やかな月があがる。〈一輪の〉の句。死に直面すると自然が美しく、草叢にひそむ微細な虫までも見えてくるという小説があった。息をひそめて隠れていた塹壕から跳び出して突撃する瞬間、傍らの花がキラリと光る。

鶴渡る大地の阿呆　日の阿呆
爛々と虎の眼に降る落葉
火口湖は日のぽつねんとみづすまし

蝶墜ちて大音響の結氷期

帰還後の作品「阿呆の大地」「天の狼」より。マラリアにかかり、戦地から送還される。戦場の絶望を体験した心は、大地も太陽も阿呆と罵らざるを得なかった。〈爛々と〉は落葉にもかかる。虎は、降る落葉に異相ともいうべき存在の実相を見つめる。〈蝶墜ちて〉は蝶の落下のシュールな大音響が、広大な氷世界を展く。この裏には次の大戦を目前にした不安な時代の象徴があろう。赤黄男の言「象徴は〈間接的〉なものではなく、より厳しく〈直接的〉なものである」を実践した句。

石の上に　秋の鬼にゐて火を焚けり
頭蓋のくらやみ　手に　寒燈ぶらさげて
切株はじいんじいんと　ひびくなり

第二句集『蛇の笛』(昭27)。昭和十六年から二十七年の作品を収録。内面化が目立つようになる。〈石の上に〉は大戦直前の作。鬼とは何者か。戦後の荒廃した風景も予感しているような句。〈切株〉の句は代表作。〈切株に　人語は遠くなりにけり〉〈曇日の　しろい切株ばかりと思へ〉など切株の句が多く作られるようになる。「もはや切株のごとき人間になってしまった」とは赤黄男の言。生命を途中で奪われた切株が、じいんじいんと響くのだ。

満月光　液體は呼吸する
草二本だけ生えてゐる　時間
偶然の　蝙蝠傘が　倒れてゐる

第三句集『黙示』（昭36）。昭和二十七年から三十三年の句を収録。余分なものの削ぎ落しが極限まで進む。おのずから句は抽象化し世界の虚無性と純粋孤独が露出する。三橋鷹女によると、手術直前には「同じことを幾度も繰り返してもどうなることではない」と漏らし、最後に訪ねたときは、西脇順三郎の「詩は玄である」を強調していたという。彼女は赤黄男の死に接し、彼はペンを折ったのではなく「真に詩を愛すればこそ容易くは書くことはしなかつたのであらう」「何時の日か必ず火を噴き上げずにはゐないと思つてゐた」のにと、無念の思いを記してもいる。（「最後の訪問」〈「俳句評論」昭37・6〉）。

加藤楸邨

梟となり天の川渡りけり　楸邨

かとう・しゅうそん（一九〇五～一九九三）公式的には東京生まれ。埼玉県粕壁中学校教員時代、誘われて句作。水原秋櫻子の「馬酔木」に投句。四〇年、主宰誌「寒雷」を創刊。人間内面の屈折を表現、人間探求派の代表的作家に。門下から澤木欣一、金子兜太、森澄雄等、多くの戦後俳人を育てた。蛇笏賞、詩歌文学館賞等受賞、勲三等瑞宝章受章。『加藤楸邨全集』全十四巻、『加藤楸邨全句集』ほか

『加藤楸邨全句集』（平22）の加藤瑠璃子編「加藤楸邨略年譜」によると、平成四年の楸邨は、一月に浮腫、七月に心不全のため入院したが、二月には朝日ホールで朝日賞受賞記念講演として大岡信と対談。五月にも加藤楸邨記念館開館祝賀会（小渕沢）、ＮＨＫＢＳ吟行俳句会（佐賀県武雄市）に出席。十月も第三回埼玉芸術文化祭で講演。しかし翌五年に入ると、一月四日、再び浮腫のため入院。入院中に心不全。車椅子で散歩するまでに回復したが、六月二十七日、会話中に突然、意識を失い、七月十九日永眠。享年八十八。

青きものはるかなるものいや遠き（句集未収録）

六月二十四日、看護婦さんに書いた句が時間的な最後の句になった（矢島渚男解説「楸邨の句集」「俳壇」平成五年十月号）。六月といえば野は青一色。都会の病室のベッドからは見えない野の青葉の青を思い浮かべたのか。〈はるかなるもの〉と想いを述べ、更に〈いや遠き〉と反芻しているところが、いかにも楸邨的だ。最後の最後まで楸邨だった。

主宰誌「寒雷」は、楸邨死後も遺句を掲載。十二月号で生前からの「忘帰抄」が完結。翌年一月号からも「望岳抄」が続くが、「忘帰抄」以前の作品で、最晩年の作と思われる五年十二月号の「遺句〔忘帰抄（二一一一）〕」二十五句から抽いてみる。

笹鳴とならざりし音でさやうなら
梟となり天の川渡りけり
寒雷や在りし日のこゑうしろから

〈笹鳴〉も〈梟〉も楸邨好みの句材。〈笹鳴と〉の句は笹鳴が死の近い楸邨に別れの挨拶を送っている。〈梟〉も〈梟のまひる瞬く孤独の日〉など、終生、楸邨が親近感をもった鳥。〈梟と〉の句はその楸邨自身が梟に変身、天の川を渡る。〈けり〉と思いをこめて確認までしている。この句を最後の一句とした場合、思い浮かぶのが楸邨生前最後の句集『怒濤』（昭61）の次句。楸邨も同じだったのでは。

ふくろふに真紅の手毬つかれをり

神秘的な句だ。楸邨はただ浮かんだ景というが、たとえば〈真紅の手毬〉とは何か？岡井省二、飯田龍太は落日、入り日。川崎展宏、平井照敏は心臓。更に展宏は楸邨そのものの存在、毬の形をした真赤な溜息とも。金子兜太は〈ふくろふ〉の声に誰かが手毬をついている。岸田劉生の麗子像のような感じとも。俳句は読み手が解するもの。どれもが正しい。〈ふくろふ〉自体も、逝去した知世子夫人説（岡井省二の説。句の発表が夫人の生前なので無理か）まである。この〈ふくろふ〉の句の魅惑的な世界は話題になり、読者の心をとらえた。魅かれたのは楸邨自身も同じだったはず。とすれば、梟になった楸邨の行先は明らか。この真紅の手毬をつく〈ふくろふ〉の世界だったに違いはない。

楸邨は明治三十八年生まれ。公式上の生地は東京。父が鉄道勤務で転勤が多く、山梨説もあり、自身にも定かではなかった。小学校・中学校も各三回転校。故郷のなかったことが、楸邨の内に向かう人格形成に影響した。父を亡くし苦学。埼玉県粕壁中学校教員時代、同僚に進められ句作。水原秋櫻子と邂逅、昭和六年、「馬酔木」に投句。秋櫻子の「ホトトギス」離脱の年だった。楸邨の主要句集を三期に分け、まず初期句集から抽く。

棉の実を摘みゐてうたふこともなし（『寒雷』昭14）

かなしめば鵙金色の日を負ひ来

鰯雲人に告ぐべきことならず

蟇誰かものいへ声かぎり（『颱風眼』昭15）

露の中万相うごく子の寝息（『穂高』昭15）

最初の二句は粕壁（春日部）時代の作。〈棉の実を〉は初期「馬酔木」典型的抒情句。

次句は父が死去、進学を諦める。次女も早逝。金色に輝く鴟に、負けられぬ楸邨が重ねられる。はやくも人間探求派色が濃い。秋櫻子の慫慂で上京。「馬酔木」発行所に勤めながら東京文理科大学に入学。三児をかかえた三十二歳の老学生に。〈鰯雲〉は上京後の作。心の葛藤にこだわる。〈蟇〉の句、戦争に向かう当時の青年の鬱屈感。共に人間探求派と呼ばれ、向日的生命意志に向かう中村草田男、古典の風格を唱える石田波郷に比べ、孤心に執着する楸邨は最も人間探求の言葉が似合った。〈露の中〉は〈長男穂高病む〉の前書。

さえざえと雪後の天の怒濤かな（『雪後の天』昭18）

十二月八日の霜の屋根幾万

夕焼の雲より駱駝あふれ来つ（『沙漠の鶏』昭23）

火の奥に牡丹崩るるさまを見つ（『火の記憶』昭23）

雉子の眸《め》のかうかうとして売られけり（『野哭』昭23）

死ねば野分生きてゐしかば争へり

鮟鱇の骨まで凍ててぶちきらる（『起伏』昭24）

落葉松はいつめざめても雪降りをり（『山脈』昭30）

原爆図中口あくわれも口あく寒（『まぼろしの鹿』昭42）
馬が目をひらいてゐたり雪夜にて
まぼろしの鹿はしぐるるばかりかな

中期の作品。〈さえざえと〉は大作「隠岐紀行」の巻頭句。「隠岐へ」の前書。隠岐に流された後鳥羽院の歌に我が身を重ねたく旅立つ。川崎展宏の師楸邨への弔句は〈夏座敷棺は怒濤を蓋ひたる〉。〈十二月八日〉は昭和十六年十二月八日。〈夕焼の〉は敗戦直前の大陸に渡り、ゴビ沙漠に向かう。夕焼の沙漠の地平線に現れた駱駝。〈雲より〉〈あふれ来つ〉がいい。〈火の奥に〉は「五月二十三日わが家罹災」の前書。B29の空襲でわが家は焦土に。家を脱出するとき、一輪の牡丹が炎の中に崩れ落ちるのを見た。戦後を詠んだ句集『野哭』で、楸邨俳句は一頂点を築く。〈雉子の眸の〉は闇市所見。吊るされても高貴を失わない雉子。〈鮟鱇の〉は代表作。『野哭』を出した頃から、数年間の療養生活に入る。小康を得て信州へ旅。〈落葉松〉はいつ目を覚ましても降雪の中。楸邨は落葉松になりきっている。〈原爆図中〉は丸木位里・赤松俊子の連作「原爆図」。〈まぼろしの〉には〈良寛に旋頭歌あり／やまたづの／向かひのをかに／さを鹿立てり／神無月／しぐれの雨に／

濡れつつ立てり／この真蹟巷に出しが我が金策の間に逃げられたり〉の前書。失意の楸邨の目にはしぐれの中の鹿の立姿が見えている。安東次男の指導で骨董の美に開眼。句の世界も拡がる。

霧にひらいてもののはじめの穴ひとつ（『吹越』昭51）
おぼろ夜の鬼ともなれずやぶれ壺
のんのんと馬が魔羅振る霧の中
おぼろ夜のかたまりとしてものおもふ
秋の暮ひとさまざまに我を過ぎ（『怒濤』）
ふくろふに真紅の手毬つかれをり
天の川わたるお多福豆一列
百代の過客しんがりに猫の子も（『雪越し』昭62）
青野来る静かな額見てゐたり（『望岳』平8）
目ひらけば母胎はみどり雪解谿
大出目錦やあ楸邨といふらしき
陽炎と共に時計の中をゆく

後期の句集より。第一句は「子安神」の前書。森羅万象の、生命の根源のエロス。第二句、首の飛んだ破れ壺の美。美の極地。第三句、楸邨は魔羅の句が多い。〈おぼろ夜の楸邨の存在。いずれも人間探求の末に展けた世界。そしていよいよ前述の〈ふくろふに〉の句と〈天の川〉〈百代の〉の晩年の代表作の登場。〈ふくろふ〉の句についてはすでに述べた。幻想でありながら象徴性も。〈天の川〉の〈お多福豆〉は楸邨の好物。ふくよかなお多福豆が一列に並んで天の川を渡ってゆく。もちろん、お多福豆になった楸邨も。徹底して個我にこだわったからこそ達し得た楸邨晩年の個をつき抜けたおおらかなユーモラスの世界。〈百代の過客〉は、言うまでもなく、楸邨自身も踏査した『おくの細道』の書き出しの言葉。永遠の時間も宇宙も、すべて生々流転の旅人。旅人として生きるのが本質的な生き方なのだ。その旅人の列のしんがりを猫の子が歩いてゆく。楸邨も共に。葬儀の日、この句の書が飾られていた。

遺句集『望岳』は、遺作から大岡信が編んだ。次句、青野を近づいてくる額に静かさをみる楸邨の心。〈目ひらけば〉には「母、我を孕りし時、山梨県猿橋を越えしといふ、一句」の前書。胎内で目をひらくと、雪解谿の光で胎内もみどりに明るい。〈大出日錦や〉のユーモア、〈時計の中〉の幻想と、九十歳に近い人間探求派楸邨は健在。

石田波郷

いしだ・はきょう（一九一三〜一九六九）
愛媛県垣生村（現・西垣生町）生まれ。三二年上京、水原秋櫻子の庇護を受け、「馬酔木」の編集に携る。三七年「鶴」創刊、主宰。四八年胸部成形手術を受く。五五年、第六回読売文学賞受賞。六九年芸術選奨文部大臣賞受賞。句集『鶴の眼』『風切』『惜命』『石田波郷全集』ほか。

今生は病む生なりき鳥頭　波郷

長い間、わが近代詩人で最も読まれていたのが中原中也だったが、近代俳人の中で彼の人気に近い者を挙げると石田波郷になろうか。かつて近・現代俳句について語る飯田龍太、大岡信、高柳重信、吉岡実の座談会をマネージしたことがあったが、席上、波郷人気の話になり、詩人吉岡が「やはり、現代俳句は波郷どまりか」と呟いていたのを思い出す。

人気の理由はいろいろ考えられる。柔和な切れ長の目、俳人離れした長髪長身のスマートな気品ある風貌。行を修するように俳句一筋の生涯を送りながらも、置酒歓語の娯しみも知り、若き日には愛欲をめぐり放縦な市井彷徨を重ねたという人間的豊かさ……などなど。しかし波郷人気第一の理由は、やはり古典の風韻を現代に甦らせた、まさにこれぞ「俳句」としか言いようのない波郷俳句の魅力であり、これまた俳人以外のなにものでもないその生き方だった。

しかし、彼の生涯の大半、出征時の三十一歳のとき応召地北支で結核性胸部疾患を発病、翌年、内地送還されて以来亡くなるまでの二十数年間は、結核およびその後遺症との戦い、もしくは共棲であり、その俳句もこの病のことをはずしては考えられない。掲句は最後の入院時の病床作。病室に活けられた有毒植物烏頭の花。その兜型の花の深青紫は鮮やかだ。ホッと息をついて花に見蕩れる波郷。思わず漏れた〈今生は病む生なりき〉の呟きは重い。

生涯そのものの、また病軀を懸けてやってきた俳句の全重量がかかっているからだ。

石田波郷は、松山中学時代に句作開始。十七歳の時、郷土の五十崎古郷に師事。水原秋櫻子の「馬酔木」に投句を始めた。翌昭和六年、秋櫻子が「ホトトギス」を離脱すると、古郷と共に従った。

秋の暮業《ごう》火《か》となりて秬《きび》は燃ゆ
プラタナス夜もみどりなる夏は來ぬ
あえかなる薔薇撰《え》りをれば春の雷

第一句集『鶴の眼』（昭14）時代の波郷初期、代表作。十九歳のとき、〈秋の暮〉など五句で「馬酔木」の巻頭になった。この巻頭を機に、単身、松山から秋櫻子を頼って上京。「馬酔木」の業務を手伝ったり、秋櫻子の援助で明治大学文芸科に入学。〈プラタナス〉は東京の大通りの街路樹を詠んだもの。〈あえかなる〉は前書によると銀座千疋屋での所見。四国からの地方出青年にとって、都会の風景はいかにも魅力的だったに違いない。しかも青春真只中。当時の波郷の鼓動が伝わってくる。それにしても若い抒情が魅力的だ。

百日紅ごくごく水を呑むばかり
吹きおこる秋風鶴をあゆましむ
冬日宙少女鼓隊に母となる日

二十三歳の頃から、のちにみずから「この四年間の自分の生活は、一個の愛慾の事件を介在さして、青春特有の變動をしてゐる」（『鶴の眼』後記）という、いわゆる市井彷徨の時代が始まる。〈百日紅〉は酒を飲んだあとの酔いざましか。境涯性が強くなってくる。のちに草田男、楸邨らと共に人間探求派、難解派と言われるようになる。〈冬日宙〉はその魁をなす作品。戦中の街頭風景。鼓笛を鳴らして行進する少女隊。彼女たちが母親となる日は……。昭和十二年、主宰誌「鶴」を創刊。

女來と帶纏き出づる百日紅
初蝶やわが三十の袖袂
朝顔の紺のかなたの月日かな

第二句集『風切』（昭18）は、波郷二十六歳から三十歳の作品。この期間、「馬酔木」離脱。〈女來と〉には、波郷独身時代の女性への放恣な態度の面影が。この時期、折りからの新興俳句の散文的傾向を批判、芭蕉の「猿蓑」に俳句固有の方法を求め、韻文精神の徹底を説く。波郷のいう「古典に競ひ立つ」（「馬酔木」昭15・3）であり、波郷俳句の確立である。その成果が、〈朝顔の紺〉の句で、波郷前期の頂点を形成する。

雁やのこるものみな美しき
合歓いまはねむり合すや熱の中
雷落ちて火柱みせよ胸の上

第三句集『病鴈』（昭21）より。波郷は昭和十八年に応召。〈雁や〉は出征時の作。華北戦線に配属、軍鳩係兵だった。間もなく胸部疾患発病。そのことについてはすでに述べた。なお拙文では叙述の関係から句の制作年順に記しているが、これまでの句集は一句の独立性を強調する四季別編成。境涯性が強まり、この句集で初めて制作年順構成をとる。というより、とらざるを得なかった。

立春の米こぼれをり葛西橋

六月の女すわれる荒筵
粟食むや若く哀しき背を曲げて

第四句集『雨覆』（昭23）より。小康を得た波郷は、終戦翌年に疎開先より焦土の江東北砂町に転居。〈六月の〉は焼跡風景。掘立小屋の荒筵に坐る女の傍らの空罐には沢潟が活けられていたという。再び句集は四季別編成に戻る。昭和十九年に終刊した「鶴」を二十一年復刊。同年、総合誌「現代俳句」を創刊。病みつつも俳句一筋に生きようとした。

たばしるや鵙叫喚す胸形變
麻薬うてば十三夜月遁走す
秋の暮溲罎泉のこゑをなす
雪はしづかにゆたかにはやし屍室

第五句集『惜命』（昭25）より。当時は死に至る病でもあった結核悪化。都下清瀬村の国立東京療養所に入所、三度の胸郭成形手術と合成樹脂充填術を受ける。韻文精神と諷詠によって死（境涯）と斬り結び、超克しようとする。その凄絶な営みは俳句そのものというほかない。みずから言う「俳句は私小説」「俳句は文学ではない」「俳句は打坐即刻のうた」とはこういうことであり、『惜命』は当時療養俳句の金字塔になったばかりでなく、波郷俳句の頂点を形成した。境涯詠が多くなり、『惜命』以後の句集はすべて制作順構成になる。

春嵐鳴りとよもすも病家族
一樹なき小學校に吾子を入れぬ
泉への道後《おく》れゆく安けさよ

第六句集『春嵐』（昭32）より。一年九ヶ月ぶりに療養所を出て家族の許に帰る。この句集の七年間ほどは病状も治まり、行動も自由を得て活躍する。「後記」にも「私の肺活量はわづか千五百に過ぎない。……漫歩であつても、ただ歩きつづけたいと念ずるのみ」というように、病に抗うというより病を受け入れて共棲を図るようになる。それとともに、その時々の肉体的条件を受け入れたときに生じる安らかさも知るようになり、作品も諷詠と境涯との拮抗ではなく調和を求めるようになった。堀口星眠と軽井沢に行ったときの作〈泉への〉は、その象徴的作品。

利休梅五十はつねの齢ならず
ひとつ咲く酒中花はわが戀椿
雪降れり時間の束の降るごとく
文化の日誰も癒えよと言ひ去りぬ

第七句集『酒中花』（昭43）および遺句集『酒中花以後』（昭45）より。練馬区に新居を構え、椿の好きな波郷は、庭に幾種もの椿を植えた。酒中花は波郷の最も愛した椿の種。昭和四十年、呼吸困難を起こしてからは入退院を繰り返し、気管も切開した。〈雪降れり〉には「十二月十九日雪」の前書があり、四十二年、最後の入院時の作。四十四年の〈文化の日〉の句は死の十八日前の作。十一月十九日に妻あき子、二十日は長女温子が朝日俳壇の投句ハガキを届けに行ったが上機嫌だった。翌二十一日朝、酸素吸入管を外して室内の洗面所からの戻りの事故か、ベッド近くの床に倒れているのが発見され、同日午前八時三十分逝去。享年五十六。床頭脇の机の上には「朝日」の選句ハガキと、洗った柿が一個、皿に載っていたという（石田修大『わが父波郷』ほか）。まさに不治の病をかかえての、〈今生は病む生なりき〉であった。

桂 信子

この世また闇もて閉づる夏怒濤　信子

かつら・のぶこ（一九一四〜二〇〇四）
大阪府大阪市生まれ。本名、丹羽信子。三四年頃より作句。三八年、日野草城主宰「旗艦」に投句。四一年「旗艦」同人。四九年、草城主宰「青玄」創刊に参加。七〇年、「草苑」創刊主宰。戦後の代表的女流俳人として活躍。九二年、『樹影』にて蛇笏賞受賞。句集『月光抄』『女身』『草影』『桂信子全句集』ほか。

平成十五年六月、桂信子は生前最後の句集『草影』（第45回毎日芸術賞、大阪芸術賞）を出版。十月、長年、独りで滞在していた大阪梅田の新阪急ホテルを離れ、終の栖を求めて兵庫県西宮市のケアマンションに移った。一年ほどした翌十六年十二月九日、自室で倒れているのを発見され、兵庫県西宮協立脳神経科病院へ緊急入院、十六日午前十時十分、脳梗塞のため永眠。享年九十。

死後三年目、大冊の『桂信子全句集』（平19）が出た。既刊句集全十冊に「句集『草影』以後」を収録。しかし最後の発表句になった死の翌年の新聞や各俳句綜合誌掲載の新作は、生前の故人の意志で収録されていない。注文による前年からの新年詠の類を自作とは認めたくなかったのか。これに類したことは他にもあり、NHKテレビ俳壇が出来たとき、飯田龍太が最初の講師に桂信子を推したが、辞退。自分を信頼して集まる「草苑」やカルチャー教室の人たちの指導の方が大事というのが理由であった。龍太は残念がり、こぼしていたが、桂信子とは、そういう筋を通す人だった。

一 応 は 泰 然 と し て 残 り 鴨

見 つ む る も 何 も な き 空 夏 と な る

関門の短かき船笛《ふえ》や夏霞
夏霞多佳子いづくに在《おは》すらむ
夏怒濤海は真《まこと》を尽しけり
原色の土産物屋の夏祭
この世また闇もて閉づる夏怒濤

死の年の「俳句」六月号の特別作品「春から夏へ」三十二句は、最後の大作になったが、主宰誌「草苑」三十四周年大会が小倉であり、その前後の門司近辺を題材にした作品を中心に構成されていた。土地や風物と対話、感じたこと、思ったことのみを純粋に展開している。〈夏霞〉の句の多佳子は、なつかしい橋本多佳子。彼女の名作〈乳母車夏の怒濤を横向きに〉と同じ海を眺めているのだ。かと思うと〈原色の土産物屋〉が出てきたり幅も広い。〈夏怒濤〉の句、海も自然の法則〈真《まこと》〉によって動いている。見方を変えると、海も怒濤も海の〈真〉、つまり自然の〈真〉を誠実、かつ主体的に実践してるのだ。桂自身もその〈真〉とみずから進んで一体になろうとしている。〈この世また〉も、かつての句の力業や見せ場はなく平明に平明になっているが、前句と同様に大きな、大きなものに触れている。両句とも桂が最後に達した境地を示して象徴的。まさに桂の生涯をしめくくる絶唱と言ってよかった。

桂信子は、大正三年、大阪の中心地（現在の京橋）に生まれた。大正時代は日本近代史の中では、比較的自由の許されていた時代。少女期にツルゲーネフやチェホフを耽読、フランス映画を愛好、文学的自己形成が出来てから俳句に入ったことも、桂信子には幸運だった。日野草城のモダニズムに惹かれ、外国文学やフランス映画から得たものと同じものを俳句に求めたことが、従来の俳人にない世界を展くことを可能にした。七十年近い俳句生活の最後まで、そのことは変わらなかった。

梅林を額明るく過ぎゆけり

「旗艦」の草城選初入選句。昭和十四年、信子二十四歳の作品。梅林のまだ冷たい光を知性的な額に受け、ひたすら前に進んでゆく未婚女性。清新な抒情——。いかにも知的で、感性も新鮮。信子俳句の出発を告げるにふさわしい作品だ。深読みすれば、第二次世界大戦前夜の不穏な空気も感じとれる。

ひとづまにゑんどうやはらかく煮えぬ
月あまり清ければ夫をにくみけり
夫逝きぬちちはは遠く知り給はず
雁なくや夜ごとつめたき膝がしら
ゆるやかに着てひとと逢ふ螢の夜

戦後、いちはやく出版された第一句集『月光抄』（昭24）の期間は、恋愛、結婚、新婚生活二年足らずでの夫の病歿、太平洋戦争開戦、自立のため神戸経済大学予科の図書課に就職、以後の長い職業婦人生活（当時は女性が男性に伍して働くことは少なかった）を始めるが、空襲で住んでいた実家が全焼。敗戦、戦後の混乱と、まさに激動の時代だった。『月光抄』が、いま読んで見ても、その困難な時代を生きたうら若い未亡人の心情の襞や官能のたゆたいを瑞々しく、長編小説のように展開し得たのも、外国小説やフランス映画の素養があったからであろう。草城ゆずりのやわらかい抒情ばかりでなく、山口誓子の即物性、硬質な抒情に惹かれたのも、桂の心情を考えれば当然で、桂の俳句の世界を強固なものにした。

ふところに乳房ある憂さ梅雨ながき
窓の雪女体にて湯をあふれしむ
ひとり臥《ね》てちちろと闇をおなじうす
煖炉ぬくし何を言ひだすかもしれぬ

次の句集『女身』（昭30）では大胆な肉体表現に挑む。俳句に文学を求めた彼女にとっては自然なことだったが、当時は社会性俳句の時代であり、批判も浴びた。

寒鯛の一夜の生に水にごる
鯛あまたいる海の上　盛装して
男の旅　岬の端に佇つために

第三句集『晩春』（昭42）は、激しい〈転〉の時代。〈寒鯛〉の生命の根源を見る冷徹な眼、〈男の旅〉の異性の本質に大胆に迫る前衛的な精神と一字あき表記の採用など、多少の乱れはあっても果敢に句域を広げた。

野遊びの着物のしめり老夫婦

ごはんつぶよく嚙んでゐて桜咲く
舌の上に澁茶のこれる卯波かな

第四句集『新緑』（昭49）で、平明のなかに深さを求める後期の桂俳句の方向が定まり、『初夏』（昭52）、『緑夜』（昭56）、『草樹』（昭61）へと続いてゆく。昭和四十五年三月には主宰誌「草苑」も創刊する。それまでの私性とは次元を異にする広い世界が展けてくる。自身「海面には大きな波が立っていても、海の底のほうはものすごく静かで動くようなものはほとんどないような、物事の底にあって動かぬものを詠むべきでしょう」（『信子のなにわよもやま』平14）と言っているが、こうなるともう男女の域を超えた大きな世界である。また創作の機微についても「できることは、たとえば深夜、レコード盤をただ廻すことだけ、すると、針が盤の溝に垂直に落ちてくることがある。そのとき俳句が生まれる」と語っていた記事も読んだことがある。しかしこれは、他の多くの俳人のように表現主体を空っぽにすることではなく、今までに蓄積してきたものを総動員して対象を攻め、受容器になった身心に飛び込んできたものを平明に表現するのである。桂の平明とは、主体で押しに押してそれを超えたものを表現する独自の方法だった。いわゆる桂俳句の樹立である。個我（主体）で押して表現してゆくというのは、近代文学の、新興俳句の方法であり、そういう意味では新興俳句の一つの完成と言ってよい。

草の根の蛇の眠りにとどきけり
虚空にてかすかに鳴りし鷹の腹
たてよこに富士伸びてゐる夏野かな
忘年や身ほとりのものすべて塵

飛躍も生まれ、その頂点が第八句集『樹影』（平3）。見えぬものを見、表現も自在。その後も『花影』（平8）、『草影』（平15）と句集を重ねるごとに余計なものを捨て、しかもはるかな大きなものに触れているという怖い作品を作っていた。それは死の直前まで変わらなかった。ここまでくると、もう性差を超えた人間の俳句である。いまや女性俳句は全盛。だが少し前まで女流俳句と言われ特別視されていた。人間的に真に自立した近代知性の持主桂信子という女流俳人を得ることにより、女性が「負」であった女流時代は終わり、彼女によって近代女流俳句は完結した。

森　澄雄

淡海今諸方万緑谷深し　澄雄

もり・すみお（一九一九～二〇一〇）
兵庫県網干村（現・姫路市）生まれ。本名・澄夫。五歳から長崎に住む。長崎高商在学中に松瀬青々門の野崎比古教授の指導を受ける。九州帝大在学中、本格的に俳句をはじめ、四〇年より「寒雷」に投句。戦時は比島等を転戦。復員後、教職に就く。七〇年、「杉」を創刊。蛇笏賞、日本芸術院恩賜賞受賞。句集『雪櫟』『浮鷗』『鯉素』『蒼茫』など。

森澄雄は、平成七年の脳溢血以来、左半身麻痺、会話も筆談を余儀なくされたが句作活動は変わらず、長男潮の押す車椅子で積極的に遠い地方にまで出掛けたりもしていた。

二十二年三月十九日、肺炎と嚥下障害のため入院。いったんは退院。七月、緊急入院。八月に一時帰宅したが、回復は望めなくなっていた。同月十七日は死に目に合えなかった愛妻アキ子二十三回目の命日。当日午後二時、予定通り出来上がった第十五句集『蒼茫』を編集担当者山口亜希子が持参すると、病室に息づかいも荒く仰臥する澄雄は本を手にして見まもる。ページを繰ろうとするので開いて渡すと、目が活字を追おうとする。だが本を持っているのも、目をあけているのもつらそうだ。見かねた子息潮が澄雄の手の本を取り、一句一句を朗読し始めた。それまで苦しげだった澄雄はいくらかやわらいだようだった。その日、急変。翌八月十八日午前六時二十二分永眠。享年九十一。

臥しをりて梨食ふ汁をこぼしつつ
美しき桔梗に見惚れ車椅子
月を見る孫の顔にも良夜かな
美しき芒野をゆく定家の忌

しばしして酒壺となる青ふくべ

遺句集後の作品は死の年の「杉」一月号から始まり、九月号のこの五句で終わる。句集に続き、はからいをすてた大きな心の病床句で、〈最後の一句〉もこのうちから選ぶべきかも知れないが、ここでは澄雄の心を汲み、あえて掲出の六月号作品の巻頭句〈淡海今諸方万緑谷深し〉をあげたい。同号はなぜか以下〈淡海なりわが玉の緒を風抜くる〉〈昼寝して淡海の鳰のたそがれぬ〉〈漁師らの頬骨高き北淡海〉〈翁媼昼寝楽しむ大通寺〉〈鳰鳥も遠き佛や琵琶の湖〉〈大暑なる京を逃れて湖の国〉と、全七句淡海の句が並ぶ。潮によると、三月の入院時、病状の落着いた頃の作という。

思えば淡海（琵琶湖）は、澄雄が通いつめ、第三・第四句集『浮鷗』（昭48）『鯉素』（昭52）で虚空への自己解放を果たし、澄雄俳句の頂点である淡海俳句を展開した地であった。気分のよい日、病院のベッドでふとその風景が思い浮かんだのだろうか。いや、澄雄の心の裡には常に淡海の風景があり、出番を待っていたに違いない。〈諸方〉はいろいろの所の意だが、〈諸〉には〈あらゆる〉の意もあり、あらゆる所の意にもなる。つまり澄雄は行ったことのある地ばかりではなく、未知の淡海の地の万緑にも心を開いていたのである。最後に至るまで未知の世界と新しさを求め、前に向かって進んでいたことを知る。またこの句が出来て他の句と共に筆記用の画用紙に記して潮に示したとき、「どうだ大きいだろう」と書き添えてあったという。また山口亜希子の談によれば、「これで次の句集のタイトル『諸方』がきまった」と言われたともいう。

森澄雄は、昭和十五年（二十歳）、加藤楸邨に師事。十八年、陸軍士官として船団でフィリッピンに向かうが攻撃を受け、たどり着いたのは二十一隻中三隻。ボルネオではジャングルの中を死の行軍、ほとんど全滅。九死に一生を得た。何十年も後に〈われもまたむかしもののふ西行忌〉を遺したが、勧められても戦場俳句を作らなかった。同じく戦場で生命を落とすところだった鈴木六林男は「戦争には言えないことと、言ってはならないことがある」と語っていたが、この「言えないこと」と「言ってはならないこと」の意味は重い。澄雄にとっての戦争はこの「言えないこと」と「言ってはならないこと」だったのであろう。多くの愛妻俳句を作り、家族を愛し、日常生活を重んじたのも、その戦争体験があったからに違いない。

冬の日の海に没る音をきかんとす

家に時計なければ雪はとめどなし
除夜の妻白鳥のごと湯浴みをり

第一句集『雪櫟』（昭29）の作品。〈冬の日の〉は十九歳の作。〈除夜の妻〉は森の貧乏生活が生んだ愛妻俳句の代表作。

磧にて白桃むけば水過ぎゆく
雪嶺のひとたび暮れて顯るる
雪夜にてことばより肌やはらかし
秋の淡海かすみ誰にもたよりせず
夜寒かな堅田の小海老桶にみて
雁の數渡りて空に水尾もなし
白をもて一つ年とる浮鷗（いろの浜）

昭和四十年代になると、俳壇では社会性俳句も前衛俳句も失速し、伝統復帰の傾向が強まり、やがて支配的になってゆく。作家として絶頂期を迎え、最も大きな仕事をしたのが飯田龍太と森澄雄であった。この時期を「飯田龍太と森澄雄の時代」と称する人もいる。

最初の三句は第二句集『花眼』より。「花眼」は中国では老眼のこと。澄雄は「はじめて花の美しさが見える眼」（「『花眼』に就いて」〈「俳句」昭38・2〉）という。中年になり、前句集の生活中心からおのずと時間とエロスがテーマになる。虚の世界への踏み込みであり、澄雄俳句の大転換であった。

第四句以後は第三句集『浮鷗』の作品。この時期、シルクロードを訪ねたが一句も出来ず。なぜか芭蕉の〈行く春を近江の人と惜しみける〉が思い出されてならなかったという。帰国後、芭蕉の心を求めて淡海通いが始まる。〈秋の淡海〉〈夜寒かな〉は、時空を超えて芭蕉の前掲句〈行く春を〉と〈海士《あま》の屋は小海老にまじるいとど哉〉に心を重ねる。前句集の時間に空間意識が加わる。

はるかより鷗の女《め》ごゑ西行忌
ぼうたんの百のゆるるは湯のやうに
すぐ覺めし晝寝の夢に鯉の髭
西國の畦曼珠沙華曼珠沙華

炎天より僧ひとり乗り岐阜羽島

第四句集『鯉素』の「鯉素」は「鯉魚尺素」の略。はるか彼方から贈られた鯉の中から出て来た手紙の意。たとえば第一句の鷗の声。いわば虚空からの便りで、まさに不可思議の声。この句集では時間と空間が一体化して「虚空燦々」。存在と生命の不可思議への、時空（虚）への自己解放を果たす。この句集で森澄雄は一つの高峯に達した。当時の澄雄は「文学は人間を描くが、俳句は虚を描くことができる」とよく口にしていた。これは社会性俳句、前衛俳句の拒否であり、西洋から学んだ近代文学、近代思想の相対化であった。近代思想絶対の中での、芭蕉を中心にした世界の読みなおしであり、その現代への復活であり、そこに現代俳句史の中に於ける森の最大の達成があった。更に、時空さえも人間の分別にすぎぬことに気づき、時空からも解放されて次の句集『游方』（昭55）から死の前日に届けられた『蒼茫』（平22）に至る十一冊の句集を展開する。

常臥しのわれのたとへか臥龍梅
新涼の顔してゐたる猫もまた
けふ白露しづかに去るやつばくらめ

一月やわが蒼茫の富士の空

遺句集『蒼茫』には〈常臥しの〉〈常臥せる〉で始まる句が頻出。余計なものはすべて捨てきった病床句に徹する。しかしどの句も大きい。〈一月や〉のように世界も広い。思いは深い。

前述のように「龍太・澄雄の時代」と言われたが、二人の世界は対照的だった。龍太は自然と風土に真摯に対峙したが、澄雄は虚への自己解放をめざした。同じ古典的と言っても、龍太は近代的であった。金子兜太はこの辺のことを澄雄の文人意識ととらえ、「森は文人意識で戦争体験を生かした」〈金子兜太講演「森俳句の頑張り」〈「杉」平23・3〉〉と評価する。金子も言っているが、文人山本健吉は澄雄を龍太よりも高く買っていたし、丸谷才一も澄雄のことを高く評価していた。

澄雄は最晩年まで車椅子でよくパーティにも出ていた。句集『游方』を手がけた私は、前を通るとき「宗田です」と挨拶すると、必ず顔と手をあげて応えてくれたが、その姿も、いまや懐しい想い出になってしまった。

鈴木六林男

すずき・むりお（一九一九～二〇〇四）大阪府山滝村（現・岸和田市）生まれ。本名、次郎。旧制山口高商中退。初心時代、「串柿」に投句、永田耕衣らの選を受ける。三九年、同人誌「螺線」創刊。以後、「蠍座」「京大俳句」等に関わり、西東三鬼に師事。出征、比島戦線で負傷。戦後、「青天」「雷光」等様々な同人誌に関わる。七一年、「花曜」創刊・主宰。『荒天』『櫻島』『鈴木六林男全句集』など。

人の日を振り向けば影《かげ》形《かたち》なし　六林男

鈴木六林男の晩年は肝臓病や腸の持病のほか足も弱っていたが、それでも何かあると、本が詰まった重い黒のカバンを肩にかけ、東京にやってきた。死の年の平成十六年一月三十日にも、角川の俳句・短歌新年会に出席。宿に帰るというのでタクシーをと言ったがきかず、高澤晶子といっしょに送って行った地下鉄大手町の階段を、手摺りにつかまりながら蟹歩きで降りる姿が目に焼き付いている。もう一度くらい上京しているはず。

七月十七日、主宰誌「花曜」の第三十三回総会・四百号記念大会を、大阪天王寺の都ホテルで挙行した。記念講演はJT生命誌研究館館長中村桂子の「三十八億年の生命」。いつも記念講演には各界の第一人者を招き、仕事の専門の話を聴く。一流の専門家の考え方から学べというのだ。のちに文化勲章を受章する有馬朗人のときも、俳人としてではなく物理学者有馬の「火の話」、和田悟朗も「水について」。それが六林男流であった。恒例の二次会、三次会、翌日の後の祭の天王寺動物園の吟行句会もこなした。間もなく暑さもあって体調を崩し、八月二日入院。入退院をくり返し、十二月十二日午前九時四十四分、肝不全のため他界。享年八十五。その間、車椅子で同人会などに出席していた。

前掲句は「俳句α」(平16・12、平17・1月合併号)発表「去年今年」十句の最後の句。人日は一月七日。五節句の一つ。中国では漢時代からあり、元日から六日まで順に鶏・

狗《いぬ》・羊・猪・牛・馬の世界を占う日とされている。七日の人日は、その年の人間界の運勢を占う日。八日は穀の日。

人間にとって重要な人日に、ふと振り返ると、何もかも、自分の影も形も消えていたというのだ。人日でなく傍題の「人の日」が六林男らしい。かつてみずからの営みを〈短夜を書きつづけ今どこにいる〉（平元）と書いた六林男が、最後に行きついた場と思えば凄絶。まさに絶唱と言ってよい。

何度か書いてきたことだが、六林男を一部の評のようにいわゆる社会性俳人、或いは前衛俳人と限定してしまうことには反対だ。生涯を通しての彼の俳句の本質（不易）は、〈短夜を〉の句にいう「書く」ことであった。その他のことは、不易流行の「流行」であった。

蛇を知らぬ天才とゐて風の中
失語して石階にあり鳥渡る

戦後派俳人の句集としていちはやく出た第一句集『荒天』（昭24）の最初期、昭和十一年（十七歳）の作品。すでに大戦前夜の青春の暗鬱が見事に書き止められている。

遺品あり岩波文庫「阿部一族」
をかしいから笑ふよ風の歩兵達
水あれば飲み敵あれば射ち戦死せり
射たれたりおれに見られておれの骨

『荒天』の名高い戦場俳句。人間はどんな不条理な環境でもそれを受け入れ、日常化しなくては生きてゆけない。彼の戦場俳句は、戦場の不条理（非日常）を「書く」ことによって超克（日常化）することであった。バターン・コレヒドールの激戦で六林男は被弾、弾の断片を身体深くに持ったまま生涯を送った。

生き残るのそりと跳びし馬の舌
かなしきかな性病院の煙突《けむりだし》
深山に蕨とりつつ亡びるか
暗闇の眼玉濡らさず泳ぐなり

敗戦。生きのびたが、戦後は自分の生きていることの確認、更にそこから自己をたてなおすことから始めなくてはならなかった。これらの句からその経緯をたどることができよう。敗戦の混乱から脱し主体を取り戻すと、一歩踏み込み、大作「吹田操車場」「大王岬」「王国」に挑み、過酷な労働条件下の「時間（季節）と人間の相克」（「吹田操車場」）、厳しい自然状況の中での「自然と人間の融和」（「大王岬」）、石油コンビナートの「人間・機械・石油のかかわり」（「王国」）を書く。いわゆる六林男の社会性俳句の時代だが、時代の進展の中でのごく自然な展開だった。

月の出や死んだ者らと汽車を待つ
夕月やわが紅梅のありどころ
天上も淋しからんに燕子花

また、その社会性俳句の盛んなころにも、このような詩情豊かな代表作を生んだことは、六林男俳句の個性として注目される。〈天上も〉への思いには、戦場で死んだ仲間のこともあるに違いない。

右の眼に左翼左の眼に右翼

満開のふれてつめたき桜の木
全病むと個の立ちつくす天の川
ひとりの夏見えるところに双刃の劍
短夜を書きつづけ今どこにいる

その後も移りゆく時代とともに、その状況（自然と社会）の中に身を置いて人間の生き方と内面にこだわってゆく。六林男の「書く」とはそういうことであり、やがてニヒリズムがヒューマニズムに通じるという命題、更には戦争と愛というテーマにも到達する。

瓶を出て胃に移る酒原爆忌
二人して何もつくらず昼寝覚
月の出の木に戻りたき柱達
河の汚れ肝臓に及ぶ夏は来ぬ
視つめられ二十世紀の腐りゆく
何をしていた蛇が卵を呑み込むとき

句集『雨の時代』（平6）『一九九九年九月九日』（平11）になると、見えにくい時代の中で、思いや思考を身体深く沈めて書くようになる。〈木に戻りたき柱達〉の〈柱〉には人柱の意も。戦場で共に戦い、戦死した仲間たちかも知れない。加齢もあり、やさしさ、淋しさも加わる。

淡海また器をなせり鯉幟
近江兄弟商會のあたりの鬼薊
寺寺の山門寺門夏柳
花ユッカ湖のマタイ伝第五章
夏の湖赤い靴ぬぎ女の子
唐崎や夜間飛行の灯の霞み
夏は来ぬ戦傷《きず》の痛みの堅田にて
夜泳ぐ殿は穴太衆《あのうしゅう》の裔

死の半年ほど前に発表された「近江」三十二句（「俳句」平16・6）は、琵琶湖の大景に始まり、その自然、歴史、社会、現代風俗にまで挑んだ最後の大作だった。〈近江兄弟商會〉はイギリスのクリスチャン兄弟の会社。メンソレータムで知られる。〈山門〉は比叡山延暦寺。〈寺門〉は圓城寺。両寺の争いは『平家物語』でも有名。湖とこの争いから、思いはごく自然に紛争の地パレスチナのガリラヤ湖に、その地で伝導したイエスの「山上の垂訓」(「マタイ伝」第五章)に飛ぶ。〈唐崎〉といえば、まず思い浮かぶのは芭蕉の〈唐崎の松は花より朧にて〉。現代の唐崎の近くには自衛隊の基地も。「戦傷《きず》」は戦地で被弾した身体の中の弾片。〈堅田〉の〈堅〉に傷がうずく。

六林男は、生前よく「俳句には型と形がある。型は伝承的なものでこれを解体し、自分独自の形に組み替えなくてはならない」と言っていた。ここに至って、六林男は俳句の型を自分の思い、論理、志向(思想)を書くための独自の形に組み替え、自在に展開している。二十世紀から二十一世紀にかけての世界とそこに生きた人間を、生涯一貫して書いた俳人が六林男だった。「書く」という方法(精神)とその行為そのものを、思想にまで高めたと言ってもよい。

葬儀での喪主の挨拶「最近の六林男は肉体の叛乱とそれを抑えつけようとする精神との闘いであった」が忘れられない。「肉体の叛乱」は状況、「精神」は書く行為と言い換えてもよかろう。六林男は、その最期の時まで「荒天」(状況)に身を晒し、書き続けていた。

飯田龍太

またもとのおのれにもどり夕焼中　龍太

いいだ・りゅうた（一九二〇〜二〇〇七）山梨県東八代郡境川村生まれ。父は飯田蛇笏。國學院大学在学中より俳句を始め、「雲母」に所属。六二年、蛇笏逝去後、「雲母」主宰を継承。伝統派を代表する戦後俳句の第一人者になった。読売文学賞、日本芸術院恩賜賞等を受賞。九二年、「雲母」を九〇〇号にて終刊。句集『百戸の谿』『遅速』など。『飯田龍太全集』全十巻。

平成四年五月、飯田龍太主宰「雲母」の全同人に、主宰からの封書が届いた。封を切ると、「『雲母』の終刊について」と題された二百字詰原稿用紙二十八枚の直筆コピー。「『雲母』は、来る平成四年八月号をもって通巻九百号を迎え、七十七年の歳月を閲《けみ》したことになる。併せて十月三日は飯田蛇笏歿後三十年目の命日。蛇笏歿後三十年は、『雲母』を継承した私にとって、主宰者としての三十年でもある」と切り出し、「熟慮熟考の上、九百号とこの三十年を機に、『雲母』を終刊することに致しました」といった意の寝耳に水の、一方的な「雲母」終刊通告だった。

続いて「雲母」創刊の経緯と蛇笏時代の概略、敗戦の混乱時に長兄、三兄戦死の公報に接し遺されたのは私と弟だけ、蛇笏も老いて「雲母」の発行も傍観が許されなくなり編集等に当たったこと、蛇笏死後、「雲母」を継承した事情が綴られ、今回の「雲母」終刊の決意に至った三つの理由へと続く。

① はじめとは様変わりして投句者が急増、毎月一万数千から二万句についての一対一の選句に加齢からも耐えられなくなった。

② 俳句は世の片隅にひそかにつつましく生き続けるものと観じていたが、これも様変わりした。

③　俳誌が異常に増え、主宰者の安易な交代と近親者の世襲が目に余る。特に後者については、私の「雲母」継承にも一端の責任があるのではないかと思うようになった。つまり、終刊の決意のうちには、老化による体力の問題とは別に、痛烈な俳壇批判もこめられており、それに加担した責任をとる自裁のような終刊でもあったことが分かる。

その「雲母」終刊号（平成四年八月号）巻頭に発表された「季の眺め」九句。

またもとのおのれにもどり夕焼中

夏羽織俠に指断つ掟あり

永き日のながきねむりの岩襖

深空より別の風来る更衣

短夜のペン雑然と何か待つ

梅雨茜鉄鎖曳きゆく音去りし

山青し骸《むくろ》見せざる獣にも

盆栽の前なるひとの梅雨景色

遠くまで海揺れてゐる大暑かな

最後の一句として掲げた初句。〈もとのおのれ〉とは何か。父の時代から永年続いた「雲母」を終刊し、活躍した俳壇からも、場合によっては句作からも退き、人間本来の「孤」に戻ろうということでもあろうか。夕焼に紅く染まって一人立つ龍太。第二句の〈俠〉は俠客。指をつめることへの思いは、終刊にする「雲母」誌とそこに集う人たちへの責任を感じてのことか。〈永き日の〉の句については、友岡子郷が蛇笏の〈極寒のちりもとどめず巌ぶすま〉を挙げ、龍太句の〈岩襖〉は〈ながきねむり〉であり、〈ながきねむり〉を「永眠」として読めば、龍太にはその〈岩襖〉に「歿後久しい父の姿が見えている」(『飯田龍太鑑賞ノート』平18)としているのは名鑑賞。〈深空より〉の〈別の風〉とは別の世からの風か。〈短夜の〉では〈雑然〉と〈待つ〉が気になる。〈梅雨茜〉に去ってゆく〈鉄鎖〉とは何か。犬が鎖を曳きずる音ではあるまい。〈山青し〉だが、龍太は死に場所を心得てその骸を見せない獣に自身を重ねていることは確かだ。とすれば龍太の骸は……。この句に接したときは、後述する最後の句集『遅速』(平3)出版時の経緯もあり、もしかすると龍太の俳壇復帰はあり得ないのではという考えが、ふと脳裡をかすめた。いずれにしても全句に心の葛藤が露出している。終句に至り、ようやくそのすべてを洋々たる海の揺れに託している。

「終刊の辞」で龍太は、「今後も句会には出る」「新たな決意で句作に励む」と明言していたが、その死まで句会には出ず、一句も発表することはなかった。終刊号の句が、最後の句になった。

「雲母」終刊から十五年後の平成十九年一月二十二日、廣瀬直人が「雲母」の後継誌「白露」を届けに龍太を訪ねると、「やあ、ご苦労さん。お世話様」と元気そうだった。それから五日後の二十七日、甲府の市立病院に入院。昏睡状態が続き、二月二十五日、肺炎のため逝去。享年八十六であった。二十六日、近親者による通夜、二十七日火葬。

龍太の生涯を振り返ると、中学卒業後上京、次兄と同居、文学書に親しんだ。折口信夫に惹かれて國學院大学に入学、肺浸潤等のため帰郷するが、東京に雄飛する夢を抱いていたのではなかろうか。兄たちを失い旧家の後継問題が起こり、長兄の家族と「雲母」まで継がねばならなくなったこと、山梨の渓谷の小村に身を閉じ込めることには苦悩があったに違いない。

露の村墓域とおもふばかりなり
ふるさとの山は愚かや粉雪の中

『百戸の谿』（昭29）の初期作品からは、その複雑な思いが伝わってくる。やがて定住の決意も定まり、俳句に深入りしてゆく。また定住することにより、今まで見えなかった自然も見えてきた。

それにしても、『百戸の谿』の自序「兎に角、自然に魅惑されるといふことは怖ろしいことだ」は、実に怖ろしい言葉だ。間違えば自然の魅惑に惹き込まれ、自己の主体が消失してしまうのだ。しかも別の言葉「風土というものは、眺める自然ではなくて、自分が眺められる自然であり、自然から眺められる恐ろしさではなかろうか」（福田甲子雄『飯田龍太』昭60）もあり、そういう自然に絶えず眺められているというのだ。こうした自然の中にいて自己を消失しないためには、自然の魅惑に進んで踏み込み、それを表現することで自然を超克し返すしかない。当時の龍太の自然詠が、自然に深く踏み込んでいるのもそのためであり、龍太俳句についての〈剣気〉という評語も、この営みをいうのであろう。

そしてその頂点が、

一月の川一月の谷の中

の句なのだと思う。

存年のいろ定まれる山の柿
柚の花はいづれの世の香ともわかず
花桃に泛いて快楽の一寺院

対象を超克するとは、言葉を換えて言えば、対象を内面化することだった。『今昔』（昭56）あたりからその傾向が目立ち、別世までが視野に入ってくる。前衛的な句までも。

白雲のうしろはるけき小春かな
なにはともあれ山に雨山は春
百千鳥雌蕊雄蕊を囃すなり

『遅速』になると、かつての超克すべき自然は内面化を果たし、作者は自然と一体になりきって雌蕊と雄蕊を百千鳥と共に囃している。

ところで、すでにちょっと触れたが、最後の句集『遅速』のこと。或るパーティの会場で、他の句集のときのように「句集をまとめたいが」と声をかけてきた。しかし句稿が届かない。選句に異常に悩んでいることが伝わってくる。話があって、実に三年後、いつもの新句集のときの原稿と同じく、Ｂ５判の二百字詰「雲母」原稿用紙をページに見立てて二句をペン書きし、句集名を筆書きした原紙を表紙にしてみずから作った紙縒で製本、次の私信と共に送られてきた。

「遅延に遅延を重ね、汗顔至極の小生句集『遅速』稿、これ以上時を得てもどうにもならないことがわかりましたので、一集にまとめました。（略）厳選を、と考へたのですが、厳選すると二、三十句程度になってしまいますので、目をつむって二百三十六句にしました。この間六年余月、なんともお寒い限りですが、致し方ありません。御了承のほどを。

不一」

そんなわけで、『遅速』は『百戸の谿』につぐ長期間、少句数の句集になった。

校正の進行中、「これが最後の句集だ」とも告げられた。例の「終刊の辞」が送られる半年程前であった。結果はその通りになり、句も発表しなくなった。いま思うと、あの〈山青し骸見せざる獣にも〉の句を作ったときには、こうなることをすでに決意していたのであろうか。

平成十九年三月六日、甲府市での告別式には、引退から十五年がたつのに、千七百人が参列。沈黙後も龍太の存在がいかに大きかったかを世に示した。

三橋敏雄

山に金太郎野に金次郎予は昼寝　　敏雄

みつはし・としお（一九二〇～二〇〇一）東京・八王子市生まれ。三七年、渡邊白泉に師事し、同人誌「風」に参加。三八年、白泉の紹介で西東三鬼にも師事。「広場」「京大俳句」に参加。四六年、運輸省航海訓練所に採用され、練習船事務長になり、勤務に就く。戦後は「天狼」同人。六七年、現代俳句協会賞。八九年、句集『疊の上』で蛇笏賞受賞。『三橋敏雄全句集』ほか。

三橋敏雄の風貌を、俳諧もしくは俳句で煮しめたようなと評したのは、誰だったか。思えば、彼ほど、あらまほしき俳句の型式、その完璧な表現にこだわった俳人はなかった。その徹底ぶりがおのずと作者を俳人格化し、彼の風貌をも変えたのであろう。そう言えば、三橋の書く散文も俳句的で、内容的にも形式的にも隙がなかった。そればかりか、その生きかたも同じで、みずからの命終にも意識的であり、自身の死さえも確実に実行していったという完璧さだった。

癌死の十三日前の平成十三年十一月十八日、小田原市で、自身も加わる同人誌「面」の早めの忘年句会が催された。三橋は掲句をしたためた賞の色紙四枚を持参、参加した。身体の状況から、これが連衆との最後の別れになることを承知していたに違いない。当日は、先師西東三鬼主宰「断崖」以来の懐かしい仲間、山本紫黄、大高弘達や高橋龍なども出席していた。三橋は、選も講評も、すべて普段と変わらずに果たして、帰って行ったという。

それにしても、〈山に金太郎〉は、いかにも三橋の辞世句らしい。足柄山の山姥の子、鉞かついだ坂田金太郎の怪童伝は言うに及ばず、二宮尊徳こと二宮金次郎が柴刈の帰途、柴を背負って歩きながら、寸暇を惜しんで読書する銅像は、戦前、戦中の小学校の校庭で見かけ、昭和を生きた者には忘れられない。また、この二人の出身地相模は三橋の現在の居住地。つまり、この句は、みずからが生きた昭和と居住地への挨拶であった。加えてその働き者の二人に対する〈予は昼寝〉は、三橋の、これまた見事な俳諧であった。

三橋敏雄は、大正九年、八王子生まれ。初めは短歌に興味をもった。十五歳の時、職場の先輩に勧められて句作。翌年から「馬酔木」「句と評論」に投句。折から勃興期の新興俳句の清新な句風に惹かれ、渡邊白泉、続いて西東三鬼に師事。「京大俳句」にもかかわるようになった。

かもめ來よ天金の書をひらくたび
少年ありピカソの青のなかに病む

第一句集『まぼろしの鱶』(昭41)収録の昭和十二年(十七歳)の作。はじめから花鳥諷詠には興味を持たず、季語のない句があってもよいという観点から無季俳句にこだわった。〈ピカソの青〉の〈青〉は、ピカソ初期の「青の時代」。青年の絶望を、青を多用した具象画で表現していた。どの句も抒情が新鮮でみずみずしい。俳句との相性がよいのか、その完成度も句作二年とは思えない早熟ぶり。

射ち來たる彈見えずとも低し
砲撃てり見えざるものを木々を撃つ
夜目に燃え商館の内撃たれたり

三橋論で欠かせないのが「昭和十年代の俳壇と四十年代の俳壇と、まさに二度にわたって、きわめて出色の新人として登場したことになる」(「俳句研究」編集後記　昭52・11)という高柳重信の評。昭和十三年十八歳の時、内地にいて、いずれは自分も行かなくてはならない戦場のありさまをリアルにどこまで俳句で表現(戦火想望俳句)できるかに挑戦、「戰争」五十七句を「風」四月第七号に発表、山口誓子から「サンデー毎日」六月二十六日号で絶賛され、いちやく俳壇に知られるようになった。出色の新人としての第一の登場であった。

戦時中は、新興俳句弾圧のため発表を控えなくてはならなくなり、白泉、三鬼、阿部青鞋らと古俳諧を徹底研究、実作もした。当人も応召。

戦後は、抑えられていた俳人たちがいっせいに俳句に戻り、高屋窓秋、平畑静塔、橋本多佳子、西東三鬼、秋元不死男らを擁した山口誓子の「天狼」創刊(昭23)などがあって俳壇は活気づくが、三橋は、運輸省所属の練習船事務長として遠洋航海に従事、船中で俳句各誌の作品を客観的に検討、何が出来るかを考えていたという。

新聞紙すつくと立ちて飛ぶ場末
死の國の遠き櫻の爆發よ
海山に線香そびえ夏の盛り

昭和二十八年、三鬼主宰「断崖」創刊に同人参加したが作品発表をせず、同三十年に至ってようやく活動を開始した。掲句はその三十年代の作。作品は変貌、戦中に学んだ俳諧の技を生かして俳句で「詩」を書く姿勢を鮮明にしてゆく。

昭和衰へ馬の音する夕かな
たましひのまはりの山の蒼さかな
肉附の匂ひ知らるな春の母
晩春の肉は舌よりはじまるか
鈴に入る玉こそよけれ春のくれ

撫でて在る目のたま久し大旦

四十代後半から五十代にかけての作品からなる第五句集『眞神《まがみ》』（昭48）によって、三橋作品は、技法、内容ともに頂点に達する。昭和をその初めから生きてきた彼にとって昭和への思いは深い。昭和は戦争の時代。三橋は生涯、戦争にこだわり続けた。またわれの淵源を確かめるかのように産土の自然に、たらちねに遡行してゆく。母といえば最初に出遭う女性であり、エロスの対象である。エロスとなればタナトスが、そして肉体が意識されてくる。

それはそれとして、『眞神』の最も大きな達成は俳句定型を言語の構造体としてとらえたこと、それによって得た定型の容量の拡大、通時性、対象の本質化、観念化であった。そのいずれも俳諧の歴史が蓄積してきた知恵であり、精神であった。また三橋の作品が画期的だったのは、当時流行の伝統派の俳諧と異なり、新興俳句で得た詩精神の表現として俳諧を活用したことだった。俳句表現史上独自の三橋俳句の樹立であった。高柳の言う二度目の新人としての登場であった。

その後も、『鷓鴣《しゃこ》』（昭54）、『長濤《ちょうとう》』（平5）と句集を重ね、〈老い皺を撫づれば浪かわれは海〉〈夜枕の蕎麦殼すさぶ郡かな〉〈長濤を以て音なし夏の海〉など、作品世界を広げ、かつ深めてゆく。老いの意識も加わってきた。

戰争と疊の上の團扇かな
汽車よりも汽船長生き春の沖
あやまちはくりかへします秋の暮
大正九年以來われ在り雲に鳥
家毎に地球の人や天の川

第六句集『疊の上』（昭63）によって第二十三回蛇笏賞を受賞。俳壇的にも地位を確実なものにした。〈あやまちは〉は、広島の平和公園原爆慰霊碑の「過ちは繰返しませぬから」のパロディー。

石段のはじめは地べた秋祭
みづから遺る石斧石鏃しだらでん
梟や男はキャーと叫ばざる

生前最後の句集『しだらでん』（平8）より。句集名は、「震動雷電《しんどうらいでん》」の字音の転。つまり豪雨の形容。句によっては従来の完璧な型式を壊し、自己曝し、ときには開き直りの姿勢さえ見せ、新しい展開を予想させた。しかし、その方向については三橋の美学が許さなかったのか、句集以後、作品発表を控えるようになった。思うに前述のような表現と形式への厳格なこだわりは、三橋敏雄を俳句型式によっておさえこむことで、自己解放を不可能に、というより許さなかった。それほど俳句型式と言葉に対する信頼が大きかったのであろう。その意味では俳句型式に殉じた生涯だった。

三橋の胃癌は、相当以前から進んでいたようだ。痛みもあり、もしやという自覚もあったかも知れない。しかし、医者にはかからず、家人にさえ気づかれぬようにしていた。死後、書斎から大量の売薬が出てきた。

平成十三年、十一月二十六日、小田原市の病院に入院したときには手遅れだった。入院一週間足らずの十二月一日に逝去。享年八十一。家人が密葬用の遺影の引伸しを依頼に近くの写真店に写真を持参すると、「それなら出来ています」と写真を渡された。生前、本人が依頼していたという。

高柳重信

たかやなぎ・じゅうしん（一九二三〜一九八三）東京・小石川生まれ。本名、重信《しげのぶ》。久保田万太郎・大場白水郎に学ぶ。早稲田大学専門部法科に入り、「早大俳句」を創刊。富澤赤黄男に師事。前衛俳句的作品、特に独自の多行俳句を展開する。五八年「俳句評論」創刊。六八年より「俳句研究」編集長。句集『蕗子』『日本海軍』『高柳重信全集』全三巻ほか。

目醒《めざ》め／がちなる／わが盡忠《じんちゅう》は／俳句《はいく》かな

重信

目醒《めざ》め
がちなる
わが盡忠《じんちゅう》は
俳句《はいく》かな　（『山海集』昭51「日本軍歌集」）

一処に留まらず、句集ごとにテーマと作り方を変えていた高柳重信最後の一句（内容ともに）を求めるのは、なかなか難しい。死の年の発表作〈おーいおーい命惜しめという山彦〉があるが、分身山川蟬夫の一行句。やはり骨身を削った多行形式にしたい。掲句の書き出し〈目醒《めざ》め／がちなる〉は、日露戦争で壮烈な戦死を遂げた軍神橘周太を称える軍歌「橘中佐」の本歌取り。橘中佐の忠義に劣らぬわが忠義の対象は俳句であるという。重信の生涯を貫く信条を、これほど端的に吐露した作品はない。亡くなる五年前刊行の句集中の作品なので、時期的には遡るが、晩年の作品であることに変わりはなく、最後の一句として選びたい。

高柳によれば、子規が俳諧連句の付句を切り捨てて発句を独立、「俳句」と名づけたのは、発句とは全く異なる定型短詩―新しい文学ジャンルを産むことであった。つまり、俳句とは子規により「出現するに先立って、すでに名づけられたが、いまだ判然とは出現していないもの」「遂に、永遠に姿を現わさぬ何かであり、しかも、暗闇の奥に、常時、それとなく感じられる確かなものであった」（『高柳重信全句集』昭47「あとがき」）。高柳は、その未知の「俳句」を求め、従来の発句の五・七・五を解体、より俳句の特性を露出する多行形式に組み直すことによって、俳句とは何かを問い、実践した。

身をそらす虹の
絶巓
　　処刑台

＊

月下の宿帳
先客の名はリラダン伯爵

＊

夜のダ・カポ
ダ・カポのダ・カポ
噴火のダ・カポ

第一句集『蕗子』（昭25）。二十四〜二十七歳の多行作品。十九歳時の結核による胸部疾患が生涯の宿痾になる。当時結核は、不治の死に至る青年の病気でもあった。後年、重信はみずから『蕗子』を私の『惜命』（昭和五十年刊の石田波郷の肺結核療養句集。一世を風靡した）だと言っていたが、内容的には、結核青年の思いとフランス象徴主義が合体、デカダンとダンディズムの色が濃い。この期の重信の多行句は、身をそらした虹の「絶巓」の文字を上部に、死である「処刑台」を下に配置して心理的落差を表現したり、文字を図形に組んだり、造型面を強調する。次句集『伯爵領』(昭27)では、「伯爵領案内繪圖」を付して句の生まれた場所を示したり、虚構性を強めるとともに作品世界を拡げた。重信のいう「俳句」を求めての試行の時代だった。

杭のごとく　まなこ荒れ　たてがみを刈り　沖に

*

墓　たちまち　たてがみを刈る　父あり

*

たちならび　朝の　日に一度

打ちこまれ　終りかな　愛撫の晩年　沖に日は落ち

二十九～四十八歳の作品。〈杭の〉は句集『罪囚植民地』(昭31)、〈まなこ荒れ〉〈たてがみを刈り〉は句集『蒙塵』(昭46)、〈沖に〉は句集『遠耳父母』(昭46)所収。生きにくい戦後社会と宿痾の悪化。境涯の域を突き抜けて言葉が言葉を呼び韻き合う作品になっているが、世界はより暗く、自己韜晦や晩年意識、自己愛撫も。『遠耳父母』には父、母、姉等が登場、原郷への時間遡行と回帰が見られ、次句集『山海集』(昭51)以後の後期高柳世界への大転換が準備されている。『蕗子』や『伯爵領』に見られた定型を守りながらも十何行に及ぶような多行は無くなり、行頭の上下はあっても四行形式に、更に行頭も揃った晩年の四行形式への収斂が見られる。

飛騨《ひだ》の
美《うま》し朝霧《あさぎり》
朴葉《ほほば》焦《こ》がしの
みことかな

＊

淋《さみ》しさよ
秩父《ちちぶ》も
鬼《おに》も
老《お》いぬれば

＊

葦牙《あしかび》に
立《た》つ日《ひ》入《い》る日や
故《か》レ
葦原《あしはら》ノ中國《なかつくに》

＊

壹岐《いき》も
對馬《つしま》も
鰐鮫《わにざめ》の背《せ》も
淡雪《あはゆき》せり

『山海集』は、四十九～五十三歳の作品。「飛騨《ひだ》」「坂東《ばんどう》」「葦原《あしはら》ノ中國《なかつくに》」「倭國《わこく》」、最後の一句に掲げた〈目醒《めざ》め／がちなる〉を含む「日本軍歌集」の章からなる。章名からも分かるように従来の自己へのこだわりを抜け、時間的にも空間的にも広い世界に出る。とりわけ飛騨の旅行体験がきっかけになった「飛騨」十句は美しい。飛騨の地霊と交感、〈朴葉焦がしのみこと〉や〈考へ杉のみこと〉等々、土地のさまざまな神を招来する。多行形式も四行形式への収斂を終えてその完成に達したが、この飛騨十句は完成の域を超えてその活用によるこよなく美しい表現世界を展開している。また前述〈目醒《めざ》め／がちなる〉を含む「日本軍歌集」は、戦前・戦中を生きた高柳の思いでもあり、次句集『日本海軍』（昭54）の伏線にもなっている。

松島《まつしま》を
逃《に》げる
重《おも》たい
鸚鵡《あうむ》かな

＊

海《うみ》も
山《やま》も
出雲《いづも》かなしや
紫《むらさき》なす

＊

丹後《たんご》
せつなし
頭《あたま》たたいて
舌出《しただ》す遊《あそ》び

＊

夜《よ》をこめて
哭《な》く
言靈《ことだま》の
金剛《こんがう》よ

生前最後の多行句集『日本海軍』は、五十三〜五十六歳の作品。全句が日本海軍創設以来の主力艦と、戦前・戦中の少年の血を湧かせた少年小説に登場する艦の艦名を内蔵する。抽出句では松島・出雲・丹後・金剛がその艦名。当時の主力艦の名は、歌枕の旧国名、山や川の名であった。その艦を詠むことは、同時に歌枕や懐かしい山河を詠むこと、その地の霊を蘇生することになった。

日清事変の主力艦「松島」の句を例にすると、巨砲主義から艦に不釣合な巨砲を装備、砲を撃てば艦が傾くという艦の不格好さと、『奥の細道』での曾良の句〈松島や鶴に身をかれほとゝぎす〉の鶴の瀟洒に対し、逃げ出す極彩色の鸚鵡の不格好さこそわが風流という高柳の曾良への挨拶が重なる。更に全句の艦が揃うと、理想の連合艦隊が出現、在り日の日本連合艦隊とその兵たちへの鎮魂、艦隊に憧れた少年高柳の思いも加わる。イメージと意味の多重を意図した実に巧緻な構造であることが分かる。高柳多行俳句の完成である。

峯風《みねかぜ》　夕風《ゆふかぜ》　水無月《みなづき》　夕霧《ゆふぎり》
絶景《ぜつけい》　＊　絶交《ぜつかう》　＊　歸省《きせい》　＊　流燈《りうとう》・泡沫《うたかた》
十六夜《いざよひ》　運河《うんが》・ガレージ　稲妻《いなづま》・眞顔《まがほ》　太郎《たろう》
祕曲《ひきょく》・百濟琴《くだらごと》　十九《じふく》の春《はる》　蜀魂《ほととぎす》　烏犀角《うさいかく》

最晩年の未刊多行句稿「日本海軍・補遺」。峯風・夕風・水無月・夕霧が艦名。一句内の名詞が尻取りで展開する。尻取りという新たな制約が、かえって音に従って進めばよいという自由さを作者にもたらしたようだ。一種の軽み志向、新しい世界も見えてきた。

金魚玉明日は歴史の試験かな　（『前略十年』昭29）
北風や此處までくるとみな背き
山は即ち水と思へば蟬時雨　（『山川蟬夫句集』昭55）
まぼろしの白き船ゆく牡丹雪
友よ我は片腕すでに鬼となりぬ

高柳にも一行表記の作品はあった。その十三歳から二十五歳の作品が、番外句集『前略十年』（昭29）。〈金魚玉〉の句など、いかにも中学生の作らしい。のちには結核青年の思いを直截的に表現する。

昭和三十年代に入ると、俳句を書く習慣を作るため一行表記作品を山川蝉夫などの名義で書き始めた。『山川蝉夫句抄』（昭52）の「あとがき」によると「すでに俳句形式が知り尽している技術のみを使って、発想と同時に瞬間的に書き切ってしまう」ものであったという。その後も歿年まで続けられた。知悉した形式の技術に乗っての作だけにかえって発想も自由になり、前掲のような代表作も生まれた。この一行句が育ち、高柳の全句業の中でどのようなものになったかを思うと、これも残念なことであった。

また、永年にわたる高柳の「俳句研究」（昭43・4〜58・8）の名編集長としての仕事も忘れられぬ。絶筆もその「編集後記」であった。昭和五十八年七月七日深夜、書き終えてから急変。八日朝の六時過ぎに肝硬変による静脈瘤破裂の吐血で絶息。享年六十。まだ姿を見せぬ「俳句」を求めた高柳の多行俳句を俳句ではないと言う人もいるが、そう言うのであれば、その人はなぜ俳句ではないのかを証明する責任もあろう。

上田五千石

夜仕事をはげむともなく灯を奢り　五千石

うえだ・ごせんごく（一九三三～一九九七）東京・渋谷生まれ。本名、明男。上智大学文学部新聞学科卒。五四年、秋元不死男に出会い「氷海」入会。六八年、『田園』にて第八回俳人協会賞受賞。七三年、「畦」創刊。句集『田園』『森林』『風景』『琥珀』『天路』『上田五千石全句集』。俳書『上田五千石　生きることをうたう』など。

夜仕事をはげむともなく灯を奢り　（九月一日　四句）
安心のいちにちあらぬ茶立虫
芋虫の泣かずぶとりを手に賞づる
この年は旅を奢りぬ万年青の実

上田五千石最後の句集『天路』（平10）の末尾に置かれた死の前夜作の四句。平成九年九月二日夕、原稿執筆を終えて一息入れているところを倒れ、病院に搬ばれたが夜の十時過ぎ解離性動脈瘤のため急逝。享年六十三。はからずもその四句が最後の句になってしまった。

この第五句集にあたる『天路』は、結果的な遺作をも含めて著者の死の翌年に出版された。一般の言い方では遺句集ということになるが、五千石は死の五年前から句をまとめ始め、構想も定まり、ジョン・バニヤンの『天路歴程』からとった「天路」という句集名のもと、句の選出も最終段階にまで来ていた。この句集は隅々まで生前の父の意志が通っており、その先の句のありようまでも考えて編まれたものであると思ったからであろう、長女の上田日差子は「あとがき」に、この句集が「五千石の遺句集ではないことを、おわかりいただきたく思います」と記す。更に「最後になりましたが、亡くなる前夜作の父の句を掲げて、父の〈生きることをうたう〉よろこびを偲びたいと思います」と結ぶ。確かにこの四句、生きることと生あるもののいのちの肯定――いつくしみに貫かれている。この先に五千石の展開する句世界があったに違いない。この日差子の言葉を借りると、理不尽に中断されたこの最後の四句も、遺句として読んで欲しくない、ということになるのかも知れない。

それはそれとして〈夜仕事を〉の句からも窺えるように、最晩年の五千石の仕事ぶりは、死の予感もしくは使命感に駆られでもしていたかのごとく、原稿（遅いので有名だった）のほか、新聞俳壇の選句やNHK学園の仕事、長期の座談会の連載など、異常と言ってよい量をこなしていた。誰かも言っていたが、自爆のような死であった。

上田五千石は、昭和八年生まれ。昭和三十年代から四十年代にかけて、戦後俳句を展開してきた大正世代俳人を追うように、昭和世代が戦後俳句以降の新人として俳壇に登場。華やかな賞をとってその先頭をきったのが鷹羽狩行と五千石であった。ただ五千石の生涯、句業を思うと、狩行の合理性、明晰に比べ、共存し得ないとまでは言わないにしても、異質のものを内蔵していた。たとえば五千石という俳号。五千石の中学時代の作〈青嵐渡るや加嶋五千石〉から父（俳号古笠。内藤鳴雪門）が名づけたというが、山本健吉ならずとも、新人の俳号のアナクロニズムには戸惑わせるものがあった。また父は法相宗の東京出張所長。母も有髪の尼になったが、当人はカトリック系の上智大学で学んだ。その新聞学科という専攻と、父から継いだ温灸「上田テルミン」の製造販売および施療の職業とのアンバランス。大学時代には生命を脅かす神経症に悩んだが、その内には一筋縄ではいかぬ複雑さがあったに違いない。母に勧められて出た句会で秋元不死男と出会い、句作の魅力に憑かれ、「氷海」「天狼」に投句、神経症を抜け出すことができた。

ゆびさして寒星一つづつ生かす
オートバイ荒野の雲雀弾き出す
桑の実や擦り傷絶えぬ膝小僧
万緑や死は一弾を以て足る
もがり笛風の又三郎やあーい
あけぼのや泰山木は蠟の花
秋の雲立志伝みな家を捨つ

渡り鳥みるみるわれの小さくなり

鷹羽狩行の『誕生』（昭40）に続き、三十代の若さで俳人協会賞を受賞した第一句集『田園』（昭43）は、その鮮烈な抒情と内面性、多元的な内容が際立っていた。初句は傍らの恋人に寒星を示してでもいるのか。新約聖書「ヨハネ伝」の「太初《はじめ》に言葉あり」と同じく「太初に指さしあり」で、天地を創る「創世記」を思わせるものもある。〈オートバイ〉の句、当時、オートバイが文学に登場するようになった。ヌーヴォーロマンの作家マンディアルグの『オートバイ』の翻訳が出たのもこの頃のこと。この句は、当時紹介されたニューシネマ、ヌーヴェルヴァーグの感覚。かと思うと少年時代の思い出や宮澤賢治「風の又三郎」のロマンチシズム。最後の句の意表をつく視点の転移によるわれの存在の形象化。二十代から三十代にかけての作者の悩み、苦しみ淋しさ、自省、迷いが全身、全霊をもって詠み込まれている。哲学あり、ロマンありで、これほど多面的かつ真摯な青春句集はなかった。前述した五千石内面の複雑さの超克が、このような鮮烈な句集誕生を可能にしたのではなかろうか。その内面性、観念性からすると、五千石は、誓子よりもむしろ資質的に草田男に近いところにいたように思われる。それを踏まえたうえで注目すべきは、原句集では収録句の多くが小題を付して二句一組に構成されていること。たとえば、小題「もがり笛」のもとに〈みちのくの性根据ゑし寒さかな〉と例の〈風の又三郎〉の句が組み合わされている。つまり一句の中の二物配合のほかに句と句の二重の二物配合、二物衝撃を行なっていること。ここには草田男の内容主義に構成という誓子の抑制の利いた方法をかぶせることにより両者の合一を試みる実験もあったのではあるまいか。当時の青年の間には、草田男の内容を誓子の完璧な方法と表現で表わすことができないかということが一つの夢にもなっていた。『田園』での五千石は、ひそかにその実験をしていたのではあるまいか。

竹の声晶々と寒明くるべし
雁ゆきてしばらく山河ただよふも
暮れ際に桃の色出す桃の花
これ以上澄みなば水の傷つかむ
早蕨や若狭を出でぬ仏たち　（若狭料峭）
太郎に見えて次郎に見えぬ狐火や

第二句集『森林』（昭53）、第三句集『風景』（昭57）の秀作。五千石は『田園』刊行後、長期のスランプに悩む。内面にこだわることの狭さに直面したのであろう。ゆきついたのが「眼前直覚」「即興感偶」（『俳句の本Ⅱ』昭55）、はからいを捨てた出会いの尊重。現場重視。大きな方向転換であった。

涅槃会や誰が乗り捨ての茜雲
梟や出てはもどれぬ夢の村
あたたかき雪がふるふる兎の目
たまねぎのたましひいろにむかれけり
貝の名に鳥やさくらや光悦忌

五千石俳句の一頂点『琥珀』（平4）の秀作群。「眼前直覚」の「われ」「いま」「ここに」は「只今」への集中、おのずと生き方へとつながる。対峙する対象と思いが一体となり、均衡のとれた世界が展開する。

鷹鳩と化したる塔の高みかな　（南京雑唱）

ふりかへるとき夜桜のはばたける
夢寐《むび》の間も光陰のうちきりぎりす
木犀や雨に籠れば男饐え
呆とあるいのちの隙《ひま》を雪ふりをり
鳥雲に何ぞ待たるるおのが果

最後の句集『天路』の作品。外へ向かうより、内をふり返るような句が目立つようになる。意識にまではのぼらぬが、身体が身体内で起こっていることを知悉していたのだろうか。それにつれて俳諧性も加わり、身体を超えた世界も出現してくる。

ところで前述の繰り返しにもなるが、同世代、同門でありながら鷹羽狩行と五千石ほど、対照的な俳人はなかった。狩行の明晰と完璧志向、五千石の内面性。そのどちらが欠けても俳句は均衡を欠く。五千石がもう少し生きていたらば、その後の俳壇ももっと違ったものになっていたかも知れない。

寺山修司

父ありき書物のなかに春を閉ぢ　修司

てらやま・しゅうじ（一九三五～一九八三）青森県弘前市生まれ。俳句・短歌・詩・小説・演劇・映画などの分野で前衛的な仕事も展開した。俳句は中学時代から始め、十七歳で全国学生俳句会議を組織。十八歳で中井英夫に見出され第二回短歌研究新人賞受賞。のち演劇実験室「天井桟敷」を結成。第一作品集『われに五月を』句集『花粉航海』『寺山修司全句集』ほか多ジャンルにわたる著書多数。

近年（平成二十一年）にも大冊『寺山修司著作集』全五巻（クインテッセンス出版）が堂々と刊行されるなど、死後三十年近くがたつ今日も、寺山人気は広がるばかりだ。詩・短歌・俳句・小説・演劇・映画・テレビ・写真・競馬……等々と、「職業は寺山修司」と自称せざるを得ないほど多くのジャンルで活躍したが、最初の表現形式が俳句であった。「十五歳から十九歳までのあいだに、ノートにしてほぼ十冊、各行にびっしりと書きつらねていった俳句は、日記にかわる〈自己形成の記録〉なのであった」（「次の一句」・『青蛾館』昭50）と記すほど熱中したその俳句も、「二十歳になると憑きものが落ちたように俳句から醒めて、一顧だにしなくなった」（同前）とみずから記していたが、実は間欠的ではあっても最も長期にわたり、最晩年までかかわっていたのが、この俳句であった。

上掲句は、寺山の死の二年程前の角川春樹との対談「原風景にあるのはくもった空と柱時計」（「河」昭56・2）初出の一句。これ以後、句の発表はない。後述する句集成立の経緯からすれば、対談時の寺山四十五歳近くの作品と考えるのが順当であろう。とすれば肝硬変悪化の年であり、余命を量りながらの句作であったかもしれない。

さてこの一句。文脈からすれば、〈春〉は父の春にもなるが、〈父ありき〉という過去形の父に対する思い入れの深さと切れ、更に〈書物のなか〉に閉じ込めた〈春〉ということを考え合わせると、父と同化し父に仮託した寺山自身の〈春〉（十代に熱中した俳句も含めて）のこととも思われる。寺山死後の角川の発言「〈春を閉ぢ〉と言ったときに、たぶんこれは自分にとっての最後の俳句作品だという思いが……。青春への決別と父への決別みたいなものが……」（角川春樹・岡井隆対談「現代の抒情と風土─寺山修司の定型」〈「俳句現代」平11・6〉）ということにもなる。しかし前記「河」での対談後に寺山は、角川に対して「ぼくもう一回俳句やりたくなったな」と言っていたというし、それから程無い死の年、かつての俳句仲間たちに俳句同人誌「雷帝」創刊の協力を求めてきたこと、俳句に限らずそれまでの全表現活動の主要テーマの一つが、幼年時代に失った父不在の欠落を埋めることにあったことなどを思うと、父への思いと共にこの時点での寺山の過去の総括、父からの、また自身の青春俳句からの独立宣言ともとれる。そこから、果たせなかった最後の表現活動─新誌で展開するはずであった彼の俳句のありようを、想像することも出来るのではあるまいか。

寺山修司は、日中戦争開戦の前々年、青森県弘前市に生まれた。父は弘前署に勤務（のち刑事、特高）、父の転勤に従い、五所川原、浪岡、青森市、八戸に移住。五歳の時に父は出征。青森市に住むが空襲で焼け出され、父方の伯父に、母と共に三沢市駅前の寺山食堂に引き取られる。終戦後、父の戦病死が知らされ、母は三沢市の米軍キャンプに勤める。伯父の家を出て転々とするが、母は働きに出て、寺山はいつも一人だったという。のちの寺山の一所に止まらない生きかたのもとに、この幼少年期の体験があったようにも思われる。中学時代は青森市の母方の大叔父夫婦（映画館歌舞伎座経営）宅に引き取られ、母は九州芦屋の米軍ベースキャンプに移り、高校時代も含めて、母とは別居生活になった。

寺山の俳句は中学二年生の時の作が遺されているが、本格的には青森高校時代から早稲田大学入学にかけての時期であった。この間、学習誌や俳誌の投句欄に投句、高校時代に全国学生俳句会議を組織、十代俳人として知られるようになった。昭和二十九年には十代俳句誌「牧羊神」を創刊。同年、大学入学、短歌「チェホフ祭」五十首が第二回短歌研究賞を受賞。歌壇に登場すると共に、短歌に重心が移り、俳句から遠ざかってゆく。

病む妹のこゝろ旅行く絵双六
母恋し田舎の薔薇と飛行音
花売車どこへ押せども母貧し
わが夏帽どこまで転べども故郷

目つむりていても吾《あ》を統《す》ぶ五月の鷹
便所より青空見えて啄木忌
夕焼に父の帆なほも沖にあり
父と呼びたき番人が棲む林檎園

いずれも、中学時代から大学入学にかけての、いわゆるみずから「日記にかわる〈自己形成〉の記録」という作品である。父恋いの句、圧倒的に多い母恋いの句、抽かなかったが孤児の句もある。だからと言って境涯に収斂することなく、いない妹の句を詠んだり、虚構と境涯も程よい均衡を保ち、それになによりも青春の思いそのものが、みずみずしい抒情と共に展開している。啄木の短歌や藤村詩集に比肩する新しい青春俳句の登場であった。寺山生涯のテーマであった故郷、父、母がすべて揃っていることも注目される。なお母恋いの句には、時に〈雁来紅母の妊まん日を怖る〉〈ちゝはゝの墓寄り添ひぬ合歓のなか〉といった屈折した作品、後句のような〈母殺し〉の句も現われてくる。これも母への強い思いがなせるものであったろう。

ところで寺山は、俳句から離れているはずの中年になってから、最初の句集『わが金枝篇』（昭48）と定本全句集ともいうべき『花粉航海』（昭50）、更に三十句からなる未刊句稿「わが高校時代の犯罪」（別冊新評特集「寺山修司の世界」昭55・4）を編む。順に三十七歳、三十九歳、四十四歳の時で、すでに短歌との別れもとうにすんでいたし、演劇を中心にした表現活動もその大半を終えていた。それはそれでよいのだが、問題なのは、のちに各句集収録や発表句の全句初出調査によって分かったこと。各句集後記などには例外を除いては「わが高校時代の作品」と明記しながら、実は総収録句数の約四割にも及ぶ、句集編集時の新作としか考えようのない異質な句を加えて編集していることだった。その新作から、父と母を詠んだ句を中心に抽いてみる。

父を嗅ぐ書斎に犀《さい》を幻想し
癌すすむ父や銅版画の寺院
暗室より水の音する母の情事
十五歳抱かれて花粉吹き散らす
法医學・櫻・暗黒・父・自瀆
月蝕待つみずから遺失物となり

母二人ありてわれ恋ふ天の火事

全く十代の作品とは相を異にしている。かつての抒情が失せ、観念化がすすむ。また言葉の活用の重心が、抒情にではなく対象の本質の提示（質問）にかかっている。

たとえば、母の句について言えば、母に情事をさせたり、母が二人いたり、母に対する思いの屈折が一段と進んでいる。また十代作品では母の句が圧倒的に多かったが、父の句数と逆転、特に『花粉航海』では、父の句が圧倒的に多かった。父の不在とその超克が、寺山にとって抜き差しならぬ問題になってきたのであろう。本来、父とは淋しいもの。やがてはわが子に超えられ、その座を去らなくてはならない宿命にもある。孤独の父を癌にしたりもする。また寺山にとっては、父の不在がかえって超ゆるべき父の存在を大きくし、父は時に犀のエロスに化したりする。思えば、あの家出少年を募集した演劇実験室「天井桟敷」こそ、一種の疑似家族であり、その結成と活躍は、不在の父の超克、寺山の父性の確立だったのではあるまいか。いずれにしても、句集の寺山は、十代の作品に大量の編集時の新作を加え、句集の編集のたびに、かの自伝をテーマにした映画「田園に死す」（昭49）のように、みずからの青春の書き変え、物語化を繰り返していたことになる。ちなみに「田園に死す」の公開は、『わが金枝篇』刊行の翌年、『花粉航海』刊行の前年だった。

とにかく、全作新作であった「わが高校時代の犯罪」を除く二冊の句集は、十代の作品と中年期の作品との二重構造になっていた。その十代作品の清新な抒情は、これからも、啄木歌集や藤村詩集のように、青春のバイブルとして読みつがれてゆくだろう。また二重構造の句集は、偶然の上に成り立つ経験や内面——自己のアイデンティティに物語以上の価値を認めなかった寺山の、自己信仰、内面信仰をなんの疑いもなく信じてその外へ出ようとしない俳人に対する批判、大きな質問として生きつづけるだろう。「偉大な思想などにはならなくとも、偉大な質問になりたい」(『田園に死す』跋 昭40)と言っていた寺山だった。また思うに、彼がこれほどまでに十代にこだわったのは、虚構地獄を生きた寺山にとって、その時代が生涯と思いの一致した唯一の時代であったからではなかったろうか。ことあるごとにそこに回帰し、エネルギーを獲て来なくてはならなかったのでは……。

だが、あの最後の一句で春を書物の中に閉じ込めたからには、初めて青春に仮託しない寺山俳句出現の可能性もあったわけで、その意味でも、句作を意図しながら死によって最晩年の句作が断たれたことは、惜しまれてならない。

攝津幸彦

はいくほくはいかい鉛の蝸牛

幸彦

せっつ・ゆきひこ（一九四七〜一九九六）兵庫県八鹿町（現・養父町）生まれ。関西学院大学在学中の六八年、伊丹啓子と学内の俳誌「あばんせ」発行。六九年、坪内稔典らと同人誌「日時計」「黄金海岸」を創刊。高柳重信選の「俳句研究」五十句競作で俳壇に登場。八〇年、「豈」を創刊し、発行責任者として活躍する。句集に『鳥子』『陸々集』『攝津幸彦全句集』など。

戦後生まれ世代のエース攝津幸彦の晩年は、旭通信社雑誌部長の要職にあったし、俳句も同人誌「豈」発行人のほか他誌からの依頼もあり、多忙を極めた。頑健そうな巨躯が支えていたが、肝臓に進行癌が発見されたのは死の四年前。しかし、生活ペースの乱れを案じてか、「そういう場合は知りたくないな」と攝津が友人に洩らしていたのを知った家人により、当人には伏せられていた。

死の年の平成八年も、「恒信風」誌インタビュー、安井浩司を囲む会総合司会、同僚との越前旅行、第七句集『鹿々集』刊、『現代俳句集成』参加、「豈」26号「総特集攝津幸彦の世界」刊、両親と富山庄川旅行、「紫」誌講演等々。七月頃より体調を崩して京都での五島エミ俳句ライブ「攝津幸彦・坪内稔典ジョイント百句」には行けず、翌月、同氏による東京での筆者の俳句ライブに出席。二次会でも集まった人たちと歓談、俳人たちとの別れの場にもなってしまった。九月、「そして」誌に五句送稿、十月三日、五回目の入院。十三日午前、病室移動後、意識不明。そのまま午後四時三十分逝去。享年四十九。当人の理想通りの完全燃焼のはての死だった。

機関車の日の丸日の丸勝ちうさぎ

糸電話古人の秋につながりぬ
はいくほくはいかい鉛の蝸牛
祭笛今宵ゆふべの洗ひ髪
オマージュにタルタルソースの夜の秋

結果的に遺句になった「そして」誌送稿の「平成八年九月二十日の私」五句。〈うさぎ〉はお伽噺など昭和育ちの子供にはお馴染みの動物。攝津句にはしばしば登場。〈勝ち〉〈日の丸〉とあるから、例の攝津誕生以前の戦中の出征か凱旋、あるいはお召列車風景。出世作「皇国前衛歌」(「俳句研究」昭49・2)以来のもの。〈糸電話〉の対話の主が〈古人〉という韜晦ぶりは攝津的。〈はいくほく〉は〈俳句発句俳諧〉もしくは〈俳句発句徘徊〉か。〈鉛の蝸牛〉は自画像。病む身体も、言葉の詰まった五七五も重かった。〈タルタルソース〉は極上の海老フライでも楽しもうというのか。最後の晩餐のようにも。

攝津幸彦は昭和二十二年兵庫県生まれ。姉が一人。関西学院大学在学中に句作、坪内稔典・澤好摩・大本義幸らと同人誌「日時計」「黄金時代」などを創刊。四十八年十一月、高柳重信選の「俳句研究」第一回五十句競作の入選がきっかけで俳壇に登場。五十五年六月、同人誌「豈」創刊。以後の俳句活動の拠点になる。
攝津が俳句を始めたのは、時代の大きな変わり目。高度成長、経済中心主義の真只中。その先に情報社会があった。子規の俳句革新以来、近代俳句はその時々の目標を持ち展開してきたが、社会構造の変化は近代の拠り所であった自我や主体の変質、更には溶解を招き、前衛俳句以後新しい運動も絶えてしまった。いわば近代の行詰まりであり、事情は他の文学、芸術分野でも同じで、近代小説の解体ともいうべきヌーボー・ロマンが登場、土方巽・澁澤龍彦・寺山修司らの異端、あるいはアングラ文学、芸術が迎えられた。これも時代の変化に対応する現象だった。俳句はこの頃から表現する器から何を表現できるか、表現するものを探す器に変わる。その先頭が攝津俳句だった。

姉にアネモネ一行一句の毛は成りぬ
暗黒の強き黒らは産卵せり
みづいろやつひに立たざる夢の肉
千年やそよぐ美貌の夏帽子

第一句集『姉にアネモネ』(昭48)より。攝津も〈咳まで父似だ　すき間だらけの　廃校舎〉（昭43）など近代的主体の訴えや主張の句から出発したが、句集ではすでに変質。初句の上七は言葉遊び。〈毛〉は目眩まし。毛の如き句のことか。言葉遊び、韜晦、アイロニー、心の深層、エロス、原風景が主テーマになる。〈姉〉〈暗黒〉〈肉〉〈美貌〉などは、攝津俳句のキーワード。

ふりし旗ふりし祖国に脱毛す
南浦和のダリヤを仮りのあはれとす
幾千代も散るは美し明日は三越
南国に死して御恩のみなみかぜ

第二句集『鳥子』（昭51）。〈ふりし旗〉の〈ふ〉は池田澄子の言うように〈振〉〈古〉〈降〉と読める。攝津の仕掛け。〈ダリア〉の〈あはれ〉は真情なのだが、〈仮り〉と捻らねばならないのが前代との違い。当時の摂津作品の中心は、五十句競作の入選作。一部は「皇国前衛歌」として有名になった。〈幾千代も〉の上五・中七は桜と特攻機か。下句は三越デパートの宣伝コピー〈今日は帝劇　明日は三越〉。大正・昭和の有閑マダムの生活。アイロニーと懐かしさの合体。〈南国に〉もきついアイロニーだが、それを越えて〈御恩のみなみかぜ〉がいろいろなことを考えさせる。

物干しに美しき知事垂れてをり

三島忌の帽子の中のうどんかな

階段を濡らして昼が来てゐたり

殺めては拭きとる京の秋の暮

してゐる冬の傘屋も淋しい声を上ぐ

子宮より切手出て来て天気かな

第三句集『與野情話』（昭52）、第四句集『鳥屋』（昭61）。〈物干し〉に垂れている知事。もちろん知事の襯衣《シャツ》でもよいが、ダリの名画「記憶の持続」のぐにゃぐにゃに軟らかくなって枝に引っ掛っている時計のように、物干竿にかかっている知事本人と思いたい。〈三島忌〉はかぶった帽子の中の脳がうどんだというのか。それとも帽子に入れた即席うどんか。本物のうどんだともっと面白い。〈階段を〉は、日本家屋の濡れた昼の薄暗い階段が凄絶。濡らしたのは昼そのものかも。またエロチックでもある。特に『鳥屋』の攝津俳句は世界も広がり、一頂点を形成した。

以下は、晩年の姉妹句集『陸々集』（平4）と『鹿々集』（平8）。死後刊行された最後の句集『四五一句』（平9）の作品。

国家よりワタクシ大事さくらんぼ
麵棒と認め尺取虫帰る
露地裏を夜汽車と思ふ金魚かな
黒船の黒の淋しさ靴にあり
それとなく御飯出てくる秋彼岸
太古より人淋しくて筑前煮
日に雀月に雁過ぎゆけり
前衛に甘草の目のひとならび

攝津の特色である茶化し、言葉遊び、アイロニー、淋しさは身体化、自由に展開している。〈甘草〉の句は写生の極地として有名な〈甘草の芽のとびとびのひとならび　高野素十〉の茶化し。

ところで攝津の言葉で忘れられぬのが、言葉そのものが有する近代的自我や主体の予定調和的意味体系内におさまるのを忌避してか「言葉とほとんど同時的に存在してしまう意味なるもの」に対する不快を示した初期句集『鳥子』の「後記」、死の二年前の「以前は自分の生理に見合ったことばを強引に押し込めば、別段、意味がとれなくてもいいんだという感じがあったけど、この頃は最低限、意味はとれなくてはだめだと思うようになりました。……高邁で濃厚なチャカシ、つまり静かな談林といったところを狙っている」〈「狙っているのは現代の静かな談林」〈「太陽」平6・12〉〉と、その死の年の一月十三日のインタビューでの「恥ずかしいことだけど、僕はやっぱり現代俳句っていうのは文学でありたいな、という感じがあります」〈「できあがった瞬間、全く無意味な風景がそこにある、という俳句が書きたいんです」〈「恒信風」3号　平8・2〉〉の三つの述懐。『姉にアネモネ』以来の攝津俳句の展開が、子規から続いたストレートな近代の表現が通じにくくなった時代の状況の中でその最期まで新しい俳句を求めていたことを、自身の言葉で語っている。この先いかなる新時代の文学としての俳句を展開し得たかは叶わぬ夢になってしまったが、戦後生まれ世代の先達として慕われ、また攝津の創刊した「豈」が多くの才能を惹きつけ、現在、同人七十余名の異例の大同人誌になり得た所以であろう。

あとがき

本稿は「最後の一句―晩年から読み解く作家論」と題し「俳壇」平成二十一年一月号から二十二年十二月号にかけて連載、書籍化に際して「森澄雄」「加藤楸邨」の章を書き下ろすとともに構成を俳人の生年順に改め、本文にも多少の加筆、修正をした。

連載に際して編集部と決めたのは、対象を正岡子規から始まる近・現代俳人とし、はじめにその俳人の生涯の到達点でも集大成でもある「最後の一句」を提示、そこから初期に戻って生涯の作品の展開を追うこと。そのことでその俳人と作品の全貌が見渡しやすくなるのでは、また新たに見えてくるものもあるのではということなどであった。問題はその俳人に辞世の句がある場合は別として、その「最後の一句」に何を選ぶかということ。通常は時間的に最後の句ということになるが、それを原則としつつも、少し遡ればその俳人の作品や生涯をしめくくるによりふさわしい晩年の一句がある場合などは、作品論の展開上、後者を選びたくもなる。その辺の採否は筆者に一任させていただくことにした。

俳句のような制約の多い最短定型詩にあって重要なのは、言うまでもなく作品論であり、表現史的観点。前著『昭和の名句集を読む』では、俳句の近代化、現代化に挑み、その方法と内容の両面で、実に多くの成果をあげた昭和俳句の展開を、昭和初年から末年に至る六十句集一冊一冊を読み解くことによって辿った。しかし特殊な表現形式の俳句ではあっても表現主体の表現である以上、作者である俳人そのものと作品そのものの展開、成果の観点も重要である。本書は俳人とその作品そのものの考察であり、おのずから俳人の生涯、つまり境涯にも触れなくてはならず、場合によってはその生き方、死に方にまでも踏み込むことになった。つくづく感銘したことは、よい仕事をした俳人は最期を迎えるに際してもそれにふさわしい見事な作品を遺し、また生き方、死に方をしていることであった。たまたまだが、前著も本書も、絶対だった「近代」が壁に直面した時代の俳人攝津幸彦で終えることになった。その点でも本書は、あい補い合う前著の姉妹篇である。

連載中は田中利夫氏の、書籍化では黒部隆洋氏、安田まどか氏の、特に田中・黒部氏コンビには前著『昭和の名句集を読む』でもお世話になった。記して謝意を表したい。

平成二十四年九月

宗田安正

参考図書案内

（本文に明記したものは原則として省略しました。）

『漱石全集』第十二巻初期文章及詩歌俳句（岩波書店　昭42・3）
和田茂樹編『漱石・子規往復書簡』（岩波文庫　平14・10）
寺田寅彦他『漱石俳句研究』岩波書店　昭61）
半藤一利『漱石俳句を愉しむ』（ＰＨＰ新書　平9・2）
坪内稔典『俳人漱石』（岩波書店　平15・5）
中村稔編・解説『正岡子規　近代の詩人一』（潮出版　平5・9）
正岡子規『子規三大随筆』（講談社文庫　昭61・6）
粟津則雄・夏石番矢・復本一郎編『子規解体新書』俳句世界別冊2（雄山閣出版　平10・3）
「俳句」編集部編「正岡子規の世界」（角川学芸出版　平22・6）
『定本高濱虚子全集』全十五巻別巻一（毎日新聞社　昭48・11〜50・11）
稲畑汀子『虚子百句』（富士見書房　平18・9）
清崎敏郎・川崎展宏編『虚子物語　花鳥諷詠の世界』（有斐閣　昭54・7）
川崎展宏『高浜虚子』（永田書房　昭49・1）
仁平勝『虚子の近代』（弘栄堂書店　平元・3）
中岡毅雄『高浜虚子論』（角川書店　平9・12）
「俳句」編集部編『高浜虚子の世界』（角川学芸出版　平21・4）
『山頭火全集』全11巻（春陽堂　昭61・5〜63・4）
大山澄太『俳人山頭火の生涯』（彌生書房　昭58・1）
村上護『種田山頭火』（ミネルヴァ書房　平18・

9）
『放哉全集』全三巻（筑摩書房　平13・11〜14・4）
伊澤元美『尾崎放哉』（桜楓社出版　昭38・5）
『飯田蛇笏全句集』（角川書店　昭和46・4）
丸山哲郎『飯田蛇笏秀句鑑賞』（富士見書房　平14・10）
石原八束『飯田蛇笏』（角川書店　平13・2）
『原石鼎全句集』（沖積舎　平2・12）
小島信夫『原石鼎　百二十年めの風雅』（河出書房新社　平2・9）
原裕『原石鼎』（本阿弥書店　平4・11）
岩淵喜代子『評伝頂上の石鼎』（深夜叢書社　平21・9）
『杉田久女全集』全二巻（立風書房　平元・8）
『杉田久女読本』（「俳句」臨時増刊　昭57・9）
増田進『杉田久女ノート』（裏山書房　昭53・4）
石昌子『杉田久女』（東門書屋　昭64・7）
坂本宮尾『杉田久女』（富士見書房　平15・5）
『橋本多佳子全集』全二巻（立風書房　平2・4）
橋本美代子『脚注名句シリーズ　橋本多佳子集』（俳人協会　昭60・9）
『三橋鷹女全集』全二巻（立風書房　平元・5）
『永田耕衣俳句集成　而今』（沖積舎　昭60・9）
『永田耕衣続俳句集成　只今』（湯川書房　平8・10）
『永田耕衣文集　濁』（沖積舎　平2・6）
金子晉「耕衣俳句軌跡―生誕百年を前に―」（金子晉編『永田耕衣五百句』所収平11・2）
『西東三鬼全句集』（都市出版社　昭46・2）
『西東三鬼読本』（「俳句」臨時増刊　昭55・4）
『現代俳句の世界6　中村草田男集』（朝日文庫　昭59・5）
句集『大虚鳥』（みすず書房　平15・8）

宮脇白夜註『脚註名句シリーズ1―13　中村草田男集』（俳人協会　平2・3）
『中村草田男読本』（「俳句」臨時増刊　昭55・10）
中村弓子『わが父草田男』（みすず書房　平8・3）
『山口誓子全集』全十巻（明治書院　昭52・1〜10）
句集『紅白』（明治書院　平3・5）
句集『新撰大洋』（思文閣出版　平8・3）
八田木枯監修　角谷昌子編『山口誓子の一〇〇句を読む　俳句と生涯』（飯塚書店　平24・7）
栗田靖『新訂俳句シリーズ・人と作品15　山口誓子』（桜楓社　昭54・9）
戸恒東人『誓子―わがこころの帆』（本阿弥書店　平23・9）
宗田安正「山口誓子論のためのエスキス」（「雷魚」No.26　平6・10）
『富澤赤黄男全句集』（書肆林檎屋　昭51・12）
「特集富澤赤黄男」（「俳句研究」昭46・3）
「富澤赤黄男生誕百周年記念特別号―俳句形式の絶巓―」（「未定」平15・9）
『加藤楸邨全集』全十三巻　別巻一（講談社　昭55・3）
『加藤楸邨全句集』（寒雷俳句会　平22・10）
森澄雄・矢島房利編『加藤楸邨句集』（岩波文庫　平24・5）
田川飛旅子『新訂俳句シリーズ・人と作品16　加藤楸邨』（桜楓社　昭54・12）
中嶋鬼谷編『加藤楸邨』（蝸牛俳句文庫　平11・9）
「加藤楸邨読本」（「俳句」臨時増刊　昭54・10）
「大特集＝人間探求派・加藤楸邨」（「俳句」平8・3）
「追悼加藤楸邨」（「俳壇」平5・10）

『石田波郷全集』全九巻・別巻一（角川書店　昭55・11〜57・5）
「俳句」編集部編『石田波郷読本』（平16・9）
村山古郷『石田波郷伝』（角川書店　昭48・5）
石田修大『わが父波郷』（白水社　平12・6）
『桂信子全句集』（ふらんす堂　平19・10）
桂信子（対話・木割大雄）『なにわ塾叢書81　信子なにわよもやま』（ブレーンセンター　平14・7）
聞き手黒田杏子『証言・昭和の俳句　上』第1章　桂信子（角川選書　平14・3）
『現代俳句の世界15　森澄雄・飯田龍太集』（朝日文庫　昭59・4）
「森澄雄読本」（「俳句」臨時増刊　昭54・4）
榎本好宏『森澄雄とともに』（花神社　平5・3）
森澄雄・きき手＝榎本好宏『俳句　この豊かなるもの』（邑書林　平6・8）
「追悼大特集・森澄雄の生涯と仕事」（「俳句」平23・12）
『鈴木六林男全句集』（草子舎　平20・1）
『証言・昭和の俳句　上』鈴木六林男（前出）
「特集・鈴木六林男」（「俳句研究」昭53・12）
久保純夫『スワンの不安』（弘栄堂書店　平2・7）
高橋修宏『真昼の花火　現代俳句論集』（草子舎　平23・8）
『飯田龍太全集』全十巻（角川書店　平17・3〜12）
「現代詩手帖特集版飯田龍太の時代―山盧永訣」（思潮社　平19・6）
福田甲子雄『飯田龍太』（立風書房　昭60・12）
友岡子郷『飯田龍太鑑賞ノート』（角川書店　平18・10）
『三橋敏雄全句集』増補版（立風書房　平2・3）

句集『しだらでん』（沖積舎　平8・11）
『証言・昭和の俳句　下』第13章三橋敏雄（角川選書　平14・3）
遠山陽子『評伝　三橋敏雄―したたかなダンディズム―』（沖積舎　平24・9）
「特集三橋敏雄」（「俳句研究」昭52・11）
『高柳重信全集』全三巻（立風書房　昭60・7〜8）
岩片仁次編『重信帖　私版高柳重信年表』（俳句評論社　昭55・5）
「俳句」編集部編『高柳重信読本』（角川学芸出版　平21・3）
「特集・高柳重信」（「俳句研究」昭57・3）
「追悼・高柳重信」（同　平58・11）
『上田五千石全句集』（富士見書房　平15・9）
上田五千石『完本俳句塾　眼前直覚への278章』（邑書林　平11・5）
「特集　上田五千石の世界」（「俳句界」No.58　北溟社　平13・8）
『寺山修司俳句全集』（新書館　昭61・10）
齋藤愼爾編　寺山修司『寺山修司の俳句入門』（光文社文庫　平18・9）
「特集　寺山修司の俳句世界」（「俳句空間」No.6　昭63・9）
「大特集　寺山修司の俳句、21世紀へ」（「俳句現代」平11・6）
『攝津幸彦全句集』（沖積舎　平9・11）
『俳句幻影　攝津幸彦全文集』（南風の会　平11・11）
攝津資子『幸彦幻影』（スタジオエッヂ　平19・11）
「総特集　攝津幸彦の世界」（「豈」No.26　平8・6）

初出―月刊「俳壇」二〇〇九年一月号～二〇一〇年一二月号連載

著者紹介

宗田安正（そうだ・やすまさ）
1930年、東京生まれ。少年期の結核療養中、初期「天狼」の山口誓子選「遠星集」に投句。大学入学と共に俳句から離れる。30余年後の1983年、寺山修司企画の俳句同人誌「雷帝」創刊のため句作再開。句集『個室』『巨眼抄』『百塔』、評論『昭和の名句集を読む』（山本健吉文学賞・鬣俳句賞）。編著『現代俳句の世界　川端茅舎集』（朝日文庫）、『現代俳句集成　全１巻』、共著『最初の出発』『現代俳句パノラマ』、監修『詳解俳句古語辞典』『季別季語辞典』『俳句類語表現辞典』ほか。

編集者として文学書、美術書、音楽書等を数多く出したが、俳句関係では『現代俳句全集　全６巻』のほか『杉田久女全集』『三橋鷹女全集』『高柳重信全集』ほか飯田龍太、桂信子、金子兜太等の新句集を手がける。

最後《さいご》の一句《いっく》

平成二十四年十一月十五日　第一刷

著　者　宗田《そうだ》　安正《やすまさ》

発行者　本阿弥《ほんあみ》秀雄

発行所　本阿弥書店

東京都千代田区猿楽町二―一―八　三恵ビル
〒一〇一―〇〇六四
電話　（〇三）三二九四―七〇六八（代）
振替　〇〇一〇〇―五―一六四四三〇
印刷・製本　日本ハイコム
定価はカバーに表示してあります。

ISBN978-4-7768-0867-1（2596）C0092　Printed in Japan